U0007570

致青春 023

她的小梨窩

（下）

嘟嘟的貓　著

高寶書版集團

目錄
CONTENTS

第十一章

他們明明是南轅北轍的兩個人，
不知道為什麼就這麼湊到了一起……

走出飯店，他們站到馬路邊。

夜裡零下左右的溫度，街上人潮擁擠，熙熙攘攘像水一樣流動。雖然夜已深，城市裡依舊燈火閃耀。

這裡離許呦家不算太遠，步行十幾分鐘就能到。

一路過去，路旁有流浪歌手抱著吉他唱情歌，聲調溫吞。許呦停下腳步，津津有味地聽了一段。

「聽得還挺開心，妳會唱嗎？」謝辭站在一旁，看她眉眼放鬆心裡就癢，忍不住出口調戲。

她沒有應聲。

謝辭彎唇，不知想到什麼，又笑起來，「唱個兒歌都能走音。」

許呦的眼睛四處看，下巴被圍巾包住，聲音悶悶的，「為什麼聽歌就要會唱？」

「不唱，妳聽幹嘛？」他反應很快。

許呦看了他一眼，認真地反問：「難道你學習了，考試就一定會有好成績嗎？」

「我不學習啊。」

「……」

風清冷，她漫無目的地跟著人群往前走，迎面而來的都是手牽手的一對對情侶。謝辭就在她身邊，還在繼續剛剛的話題，「說真的，我考試的時候，不露一手給老師看，他還真以為把我教會了。」

許呦頓了好一會兒，才笑出聲。

「你大腦有問題，我不想跟你交流。」

「靠，還罵人是吧。」謝辭瞇起眼，靠近她，「不怕我揍妳嗎？知不知道我是老大啊？」

他說得一板一眼，許呦又被逗笑了，「你是老大，我當然怕啊。」

「你脾氣很差。」

她也不知道怎麼的就回憶起來，「我轉學第一天就看到你打架，還被你強迫寫物理作業。」

「停停停。」謝辭不懂，「強迫妳幫我寫作業是真的，但是我什麼時候打架了？」

「我親眼看到的。」她靜靜地說，「因為你前女友。」

聽到許呦翻起舊帳，謝辭還是有點心虛。畢竟他惹的事情不算少，誰記得她說的是哪次，但是……

「妳冤枉我了吧？除了妳，我什麼時候為女人打過架啊？」

「我還聽到你們喊口號呢。」許呦表情很淡，故意開他玩笑，「好像是這一句，一中亂不亂，辭哥說了算？」

「妳挺厲害的啊。」

謝辭笑罵一聲，「都是叫好玩的。那前面半句話妳聽過沒？連起來是一句。」他一點不覺得尷尬，嘴巴努了努，直接順口來一句，「一中小霸王，臨市幾套房；一中亂不亂，辭哥說了算。」語氣得意又囂張。

許呦默默無語地盯著他，不過這句話……

謝辭眨眼，回憶了一下，突然反應過來，他轉頭問：「妳說的不會是付一瞬吧？」

許呦：「我怎麼知道是誰？」

「那個蠢貨。」他很煩躁，不自在地摸了摸鼻子，「別人主動找我麻煩，我當然不能怕了，年級老大的威嚴還要不要了？又不是為了什麼女人。」

「為什麼你是年級老大？自封的嗎？」她認真地問。

謝辭「啊」了一聲，臉上露出痞痞的笑，「因為我帥啊，就這麼帥到第一，厲不厲害？」

許呦看了看他的側臉，不想在這種問題上糾結。

她轉過身，往另一個街口走。

謝辭跟在後面，似笑非笑，頭往旁邊一偏，咳嗽一聲。

「妳吃醋了啊？」他慢悠悠地問。

許呦懶得理，「我沒有，誰吃醋了？」

「妳啊，小醋包。」他忍不住抬手，捏了捏她的耳軟骨，指腹親昵地觸碰著。

許呦剛想掙扎，被他從後面摟住脖子。

謝辭稍微歪著腦袋，手臂微微內收，在她耳邊低緩道：「大家都是快成年的人了，能不能誠實點？」

兩個人邊走邊說話，注意力不集中，迎面撞上一個蹦蹦跳跳地跑著的小孩。

那個小女孩拿著風車，咚地一下撞到許呦腿上，然後跌倒在地，哇地一聲大哭起來。

許呦猝不及防地愣在原地，反應了兩秒，她趕忙上前蹲在小女孩身邊，輕輕拍她後背：「沒事吧？妹妹，姊姊不是故意的……」

小女孩只顧著哭，理也不理她。手背捂著臉頰，大大的眼睛裡蓄滿了晶瑩的淚水，一顆顆往下掉，臉憋得通紅。

「別哭別哭，先別哭。」許呦手忙腳亂，用手幫小女孩擦眼淚。她沒有哄小孩子的經驗，只能想到什麼就說什麼，語氣焦急卻也溫和，「阿妹別哭了，姊姊帶妳去買糖葫蘆吃好不好？」

小女孩瞬間收住哭臉，不斷聳動的雙肩滯住，她很快地，軟軟地應了一聲：「好。」

說完，她怕像是許呦沒聽到，又補充了一句：「我要吃，糖葫蘆，阿姨買給我。」

許呦：「……」

謝辭手插在口袋站在一邊，乾脆笑出了聲。

小女孩這才發現旁邊站了個大哥哥，他長得乾淨帥氣，尤其是笑起來，很招女人喜歡。

因為不論年紀多大的女性，都喜歡長得好看的。

小女孩想也不想就張開手，邊抽噎邊說：「要抱抱。」

許呦沒辦法，用面紙幫她擦了擦鼻涕。手撐在膝蓋上站起來，她微微彎腰，手臂從小女孩腋下穿過，一個使力把人抱起來。

哎喲，好重。她齜牙咧嘴，有點站不穩，後退了兩步，腰被謝辭用手扶住。

「哥哥抱行不行？阿姨力氣小，抱不動妳。」

謝辭輕輕揚眉，對許呦懷裡的小女孩說。女孩道：「好！」於是謝辭接過小女孩。

許呦走了兩步，撿起掉在地上的風車，塞回小女孩手裡。

「妹妹啊，妳爸爸媽媽呢？」

許呦比謝辭矮大半個頭，正好能和小女孩視線平行。她把小女孩臉上的淚抹乾，耐心地問：「怎麼只有妳一個人？」

「布嘰道……」

小女孩摟住謝辭的脖子，頭左右擺動，「爸爸不見了。」

許呦這下子擔心地蹙起眉，「妳一個人跑多遠了？」

「阿姨，我想吃糖……」

謝辭默默看著她們倆的互動，目光就這麼黏在許呦身上。她恍然不覺，還在為迷路的小女孩擔心。四處看了看，都是鑽動的人頭。

「先帶她去買糖葫蘆？」謝辭的頭往許呦那邊一歪，低低地在她耳邊問。

許呦立刻拒絕，「不行，不能把小朋友帶走，要在原地，等她爸爸媽媽來找。」

口袋裡的手機就在這一刻震動起來，謝辭單手掏出來放到耳邊，「喂？」

那邊是徐曉成的聲音，吵鬧得要命，一接通就大聲地問：『你今天還回不回來？』

謝辭單手抱著那個胖小妹都快累死了，語氣不耐煩，想快點結束通話，「幹嘛啊？我還有事呢。」

『謝辭，你是不是兄弟啊？就顧著陪女人了。』徐曉成不滿。

謝辭語氣更不耐，「很囉唆耶，你倒是快說是什麼事啊。」

徐曉成「嘿」一聲，『不是，我們打算去四克拉了，就是陳鏡他朋友開的酒吧。』

「廢話別那麼多行不行？」謝辭還沒聽出徐曉成話裡面的重點。

「我剛剛吃了好多東西，肚子很撐，估計等等喝不了多少。」

「放心吃啊，你的醜不是因為你胖。」

許呦本來還在低頭細心地問小女孩事情，冷不防地聽到謝辭又在耍嘴皮子，她的嘴角忍不住一彎。

徐曉成在另一邊很開心，『你來不來跟我們一起跨年啊？邱青青也來了。』

「她來了？」

『對啊，陳鏡把她追到手了，你說你氣不氣。』

「陳鏡是誰？」他沒有一點印象。

『就頭髮像 Wifi 發訊器的那個。』

徐曉成試探性地問，『你來嗎？』

謝辭冷淡地笑，不置可否，「媳婦重要，還是你們這群人重要？」

時間一分一秒過去，小女孩的家長還沒來。

許呦看了看錶，在原地踮起腳尖看。謝辭倒是無所謂，抱著小女孩逗她玩，「噯，妳為什麼要叫她阿姨，叫我哥哥啊？」

「啊？」小女孩有點睏了，結結巴巴地說：「因為哥哥帥。」

「喔……」謝辭故意拖長語調，眼睛往許呦那裡看，「帥就是哥哥，那阿姨不漂亮嗎？」

許呦在一旁跟父母打電話說情況，懶得搭理他。

「嗯，一個小妹妹，再等一會兒，父母沒來就把她送到警察局。」

許呦低頭，踢了踢眼前的小石子說：「沒關係，我和我的同學在一起，你們別擔心……」

那邊又囑咐了兩句，她就掛了電話。

謝辭還在玩，說：「她是哥哥的女朋友，不能叫阿姨知道嗎？」

他對小孩的耐性真好，不過聽他們說話，許呦的太陽穴還是一抽一抽地疼。

街頭熱鬧的景象完全看不出來夜已經很深了，跨年夜對年輕人的吸引力不可想像，這個特殊的時間似乎能帶給他們極大的歡愉，每個人都在竭盡全力地玩耍。

他們抱著小女孩等了許久，吹著風，最後終於等來一對年輕夫婦——是小女孩的父母。

顯然他們也找到快瘋了，那個媽媽抱到女孩就哭。父親的情緒鎮定許多，還有精力對許呦和謝辭兩人不停道謝。

等到最後事情全部處理完，時間已經很晚了。

人聲喧嘩，燈火游離。

許呦疲憊地嘆一口氣，蹲在地上歇息了一會兒。謝辭就靠在欄杆上看她，也不說話，就這樣發呆了一分鐘。

「喂。」她的圍巾被人提起來扯了扯。

許呦轉頭，謝辭手裡牽著圍巾一角，視線在她臉上遊走，「反正也這麼晚了，帶妳去江邊看煙火？」

「很大的煙火嗎？」她目光沒看他，反而飄到了更遠處。

「去了就知道啊。」

江邊的確很熱鬧，隨處可見膩在一起的年輕情侶，手裡持著螢光棒。

「要不要我買點煙火給妳？」謝辭眼睛漫不經意地掃過一路上的小攤販。

許呦往前面走，不在意地說：「不要。」

他牽過她的手，「別走丟了啊。」

許呦掙扎了一下，感到莫名其妙，「你別拉著我。」

「老婆妳別鬧了，我認錯還不行嗎？」

謝辭故意說得很大聲，引起周遭紛紛側視，旁邊還有人開玩笑，「小倆口在鬧彆扭呢。」

謝辭回了一句，「沒有，我媳婦可乖了。」

許呦一愣，「你別亂說話。」

看她表情繃得緊緊的，謝辭笑了一聲，也沒放手，而是假裝不經意地問：「我不是妳男朋友嗎？」

許呦心底嘆了一口氣，雙手伸到脖子後方，把長長的圍巾一圈一圈纏起來。

她的下巴縮進圍巾裡，眼睛被風吹得稍微瞇起來。

謝辭咬緊後齒槽，「許呦。」他輕聲叫她名字，「妳敢說不是，妳就完蛋了。」

許呦正要開口，周圍的人群突然騷動起來。

成千上萬的人一起倒數，有不少情侶已經擁吻在一起，口哨聲、尖叫聲，各種興奮的聲音響徹江邊。

五、四、三、二、一……今年的最後一秒，明年的第一秒。

一瞬間漫天的煙火炸開——砰砰砰！接連不斷的火花照亮了暗沉沉的黑幕。從天而降散落的火星彷彿落入了她的眼裡。

許呦仰頭，真好看。

謝辭把許呦厚厚的圍巾往下扯，她光潔小巧的下巴露出來。

他眼神像狼，嘴角輕扯了一下，慢慢俯身，薄唇貼近她的嘴吸吮。他下了狠勁，吻得很重。

她聽見他又深又重的呼吸聲，輾轉反覆，黏在一起的唇分開了一會兒，牽著一點銀絲。他拉開一點點距離，眼睛漆黑，緊緊抓住許呦的眼眸。

他聲音低啞，「試一試啊？不行就算了。」

等到最後，終於等來她無可奈何的一聲嘆息。許呦低著頭，抵到謝辭肩膀上，喃喃地說：「下次別咬我嘴巴，好疼。」

許呦的話一說完，謝辭呆愣在原地反應了兩秒。聽懂意思後，他只覺得心都酥了。腦海裡就像跳跳糖在滋滋融化，骨頭輕輕哆嗦，手指都不自覺蜷縮起來。

江邊燈火璀璨，喧囂的人群歡呼聲不止，一朵朵煙火在星光淡薄的夜幕裡炸開。

謝辭的臉靠近許呦耳朵，單手繞過後背，讓她整個人依偎在自己懷裡。他手指收緊，一字字地問：「妳這算是答應我了？」

呼出的熱氣噴灑在她的耳廓，燙得人心慌。沒等她開口，謝辭直接說：「妳要是後悔了，我現在就跳江。」

許呦將額頭貼在謝辭肩膀上，良久，她伸出手輕輕環住他的腰，靜靜地回：「知道了，不會讓你跳江的。」

§ § §

第二天起床的時候已經到了下午兩三點，窗戶外面飄著小雪，社區裡一片白皚皚。屋裡開了暖氣，暖洋洋的。

許呦的頭還有點昏昏沉沉，剛睡醒，提不起精神。她打了個哈欠，隨手關掉加濕器開關，穿好衣服打開房門，踩著拖鞋去客廳。爸爸媽媽都不在家，陳秀雲煮了粥放在餐桌上，旁邊貼了一張紙條，要她自己把菜加熱來吃。

微波爐火光微亮，轉著飯菜。許呦盯著轉動的計時表發呆，突然想起昨晚睡覺之前把手機關了靜音。

她跑去房裡，把外套裡的手機拿出來，查看有沒有什麼消息。隨便翻了翻，全都是謝辭的未接來電和訊息。

許呦也懶得回，微微嘆氣，把手機放到一邊。這個人真是閒得慌。

吃完飯，許呦坐到書桌前讀書。臨近期末考，各科作業也繁重起來，短短幾天元旦假期，發下來的雜七雜八的考卷都不少。

許呦做什麼事情都很專注，容易投入，讀書也是，所以時間過得恍然不覺。她做完生物考卷，又拿出數學習題來寫。剛寫完第四道題目，手機又響起來，看都不用看就知道是誰。

許呦停下筆，揉了揉發酸的脖子，正好休息一會兒。

她接起電話，「喂……謝辭。」

「在幹嘛啊？終於肯接我電話了。」旁邊有小孩的聲音，吵吵鬧鬧不知道在幹什麼。謝辭清了清喉嚨，對身邊的人說：「去一邊玩，別來煩。」

聽那邊的背景音嬉笑吵鬧，許呦問：「你在哪裡？」

她有點渴了，起身去倒水喝。

謝辭說：「在家啊。」

「為什麼這麼吵？」各種話聲、笑聲混雜在一起。

他「嗯」一聲，說：「家裡有人來了。」

許呦這才反應過來今天是元旦，應該是家庭聚會什麼的，她「喔」了一聲，「都是親戚嗎？」

「對啊，無聊死我了……」

他剛說完，突然大叫：「哎喲，我靠！謝海心，妳別爬到我身上。」

謝海心拿著作業本，眼巴巴地問：「哥哥，你在幹嘛？」

謝辭把表妹的手扯開，不耐煩地說：「跟女朋友打電話呢。」

「哇！女朋友！」謝海心眼睛一亮，「是你跟我說的，比我成績還好的那個姊姊嗎！」

「是是是，大人說話，小孩別聽。」

「你說了要她教我寫作業的！」謝海心不依不饒。

謝辭都忘了這件事，剛剛他路過，看表妹在房間裡寫作業寫得愁眉苦臉，就隨口吹噓了一句，「呵呵，這麼小，還挺愛讀書，快追上妳嫂子了，有時間讓她教妳寫作業。」

現在小孩都早熟得很，什麼都懂，謝海心噘嘴：「哥哥你騙我，你成績這麼差。」

謝辭也很無聊，居然就靠在門沿上和表妹就這麼聊起來：「成績差怎麼了？才二年級就敢瞧不起妳哥哥了？」

「成績好的姊姊看不上你。」

「嘿，妳這小屁孩，妳哥不帥啊？」

其實，說實話，謝辭鼻梁秀挺，人又高又瘦，膚色比較白淨，一張帥氣的臉不知讓多少女生都芳心暗許，所以謝海心覺得自己哥哥是帥的，但又不太好意思說，於是嘴硬道：「我們班女生都不喜歡成績差的男生，成績好的應該要和成績好的在一起。」

「這麼現實啊？」謝辭忍俊不住，故意逗她，「但是我們班女生都喜歡成績差的男生。」

什麼叫自食惡果？就是現在，好不容易能跟女朋友說上兩句，卻被表妹在一旁死纏爛打，糾纏不休。

「怎麼了嗎？」許呦在那邊低聲問。

謝辭壓制住要搶手機的表妹，翻了個身說：「我妹妹要妳教她寫作業。」

「啊？」她「喔」了一聲，笑道，「可以啊，你把電話給她。」

謝海心終於如願拿到手機，她放到耳邊。這孩子很懂禮貌，開口先軟軟地喊了一句：「姊姊好。」

「叫什麼姊姊，叫嫂子。」謝辭在旁邊打岔。

不過沒人理他。

許呦輕輕嗯了一聲，溫柔地說：「妳好啊，要姊姊教什麼？」

「教數學，姊姊教我寫數學，我不會寫！」

許呦喝了一口溫水，把一邊的筆拿起來，「好，妳和姊姊說題目。」

謝海心認真念題，她就低垂著眼，記在草稿紙上。

也沒有幾題，都挺簡單的。許呦很有耐心，一點一點地為謝海心講解清楚，也不嫌煩。

「姊姊，妳好聰明喔。」謝海心按照電話裡那個溫柔姊姊的教導，終於寫完她最不會的那幾道題目。

許呦問：「怎麼不讓妳哥哥教妳？」

「哥哥他功課不好，脾氣也不好，心心不想要他教。」

許呦哈哈笑了幾聲，謝辭在一旁聽了想揍人，他咬牙切齒地捏了捏謝海心的小胖臉，「妳瞎說什麼呢。」

也不知道許呦這種個性是不是天生受小朋友喜歡。謝海心坐在沙發上晃著腿，忍不住還想和許呦聊天，小嘴不停地說：「姊姊，妳太厲害啦，跟我一樣，我也很厲害。」

許呦裝作很驚訝的樣子，笑著配合道：「真的嗎？」

「真的。」

兩兄妹坐在客廳沙發上，謝海心搶了電話和許呦聊天，謝辭只好百無聊賴地按遙控器，手肘撐著沙發扶手，不停地轉台。

曾麒麟來的時候就看到這搞笑的一幕，他手裡拎著一瓶礦泉水，喝了一口問：「什麼情況啊？謝海心拿你手機跟誰打電話呢？」

謝辭煩躁地蹙眉，「許呦。」

「喲。」曾麒麟反應很快，直接問：「這是追到手了？」

謝辭不出聲，默認代表承認。

在曾麒麟看來，他們明明是南轅北轍的兩個人，不知道為什麼就這麼湊到了一起……這麼好的女孩，就這麼白白被糟蹋了。他「喔」了一聲，拍拍謝辭的肩膀，「你真行啊，我就說你今天心情怎麼這麼好，還答應回家了。」

「那等等晚上找幾個人去泡溫泉，把你女朋友一起帶來？」他問。

謝辭想也不想就拒絕，帶什麼帶，就他和許呦還差不多，誰想和他們一群人一起泡溫泉。

倆兄弟說了一會兒話，謝辭始終心不在焉的。又忍了一會兒，他實在受不了了，把電話強行拿過來。

謝海心急著扭身，撲到他身上，「不行！哥哥壞。」

「不行什麼不行，是妳女朋友還是我女朋友啊？」

謝海心著急，「姊姊答應講故事給我聽了！」

「那好啊，正好我們一起聽。」謝辭幼稚地和妹妹較起勁，按下擴音鍵。

許呦在這邊聽到動靜，無奈地笑了聲。

她略微思考了一會兒，不知道講什麼。腦海裡搜刮一圈，想到以前在書上看到的一個故事。

藉著書桌上的燈光，許呦雙腳蜷縮在椅子上。單手托著腮，在安安靜靜下雪的傍晚，拿著電話溫聲道：

「從前啊，有一隻小兔子。

又來了一隻小兔子，牠扶著耳朵站在了第一隻兔子的肩膀上。

然後又來了一隻小兔子，牠扶著耳朵站在了第二隻兔子的肩膀上。

接著又來了一隻小兔子，牠扶著耳朵站在了第三隻兔子的肩膀上。

……

最後又來了一隻小兔子，牠扶著耳朵站在了第九隻兔子的肩膀上，親了長頸鹿一口。對牠說，終於可以跟你說我最喜歡你啦。」

故事說完了，那邊卻不知道什麼時候已經悄聲無息，似乎什麼聲音都沒了。

許呦以為自己說得很無聊，不好意思地笑了笑，「對不起啊，是不是覺得很無聊啊？姊姊知道的故事不是很多。」

她的聲音真是溫軟，儘管只有隻字片語，哄人的時候，卻能甜到人心裡去。

謝辭無聲地笑，靠在陽臺上吹冷風。

遠方的天已經漸漸暗淡下來，城市燈火通明，小雪依舊飄搖。

他說：「我不覺得無聊啊。」

許呦察覺了，不滿地嘟囔：「那就是你無聊，幹嘛騙我一個人講這麼久。」

「我喜歡聽，不行嗎？」

他想到什麼似的問：「許呦，問妳一件事。」

許呦低垂著眼，拿著筆在草稿紙上亂畫，嗯了一聲。謝辭緩緩的聲音，像帶著鉤子的風一樣入耳，「妳從小吃糖長大的啊？這麼甜。」

§　§　§

時間不知不覺地流逝，到了一月中旬，一個學期馬上就要在期末考試後劃上句點。在學校的日子，許呦都儘量避免和謝辭接觸。

兩個人都像沒事人一樣，許呦是不知道戀愛怎麼談，謝辭則是一直忍著。

上晚自習前的吃飯時間，教室裡就稀稀疏疏的幾個人。宋一帆坐在座位上玩遊戲，教室後門被敲響。

他抬頭，看到一個紮著雙馬尾的蘿莉，大冬天還穿著小裙子，眼神閃爍且一副嬌羞樣。宋一帆暫停遊戲，把手機放到桌上，隨口問：「找誰啊？」

那個女生猶豫了一會兒問：「請問謝辭在你們班嗎？」

這句話一出來，宋一帆瞬間懂了。

前一段時間，九班和一班約了場籃球，當時去看的人不少。謝辭也上場了，不知道那天他是不是吃錯了藥，走位特別囂張，各種搶球投籃，故意引起各種驚呼聲。

結束後不久，學校論壇上就出現各種表白文，問今天穿一號球衣的男生是誰。

下面一串回覆傳了幾張模糊的偷拍照，不少人說這男生比校草還帥，聽說是高二的老大。

於是這段時間，更頻繁地有人來找謝辭，上體育課或上廁所回來的路上，都會被人堵在教室外面要聯繫方式。

謝辭本人倒是一直對這些女生不聞不問，置身事外，搞得其他人都以為他要脫離紅塵，立地成仙。

偶爾有朋友開玩笑，他也懶得解釋。

有一次後面的一些男生上課無聊，隨口討論起班上一些女生的長相和身材。一個男生大大咧咧又口無遮攔地直接說：「噯，你們看我們班那個學霸，就轉來的，長得還挺好看的，就是胸部小了一點……」

他說得忘乎所以，根本沒看到周圍的人瘋狂跟他使眼色，然後，這人當天放學就被謝辭叫人教訓了一頓。

§　§　§

一月底期末考。考完後，高一高二的學生放假，高三繼續補課。

星期一下了好大的雪，星期二開始考試，所以早上沒有早自習。

許呦不小心起得有點晚，匆忙趕到約好見面的地方，發現謝辭坐在不遠處的長椅上。他靠著椅背，一雙腿懶洋洋地靠著地面，短短的黑髮上有一層薄薄的雪。

她跑得急急忙忙，連氣都來不及喘，心裡很是內疚，「你等多久了？」

「很久。」謝辭扯了扯嘴角，將目光移到她臉上。

許呦苦笑，把他從椅子上拉起來，小聲道歉：「對不起啦，我今天鬧鐘好像沒響，媽媽也沒叫我。」

兩人去的早餐店是附近開的一家新店，隔著學校大概一條街，還沒多少學生知道。

店裡裝修得挺精緻，比較有情調，倒像間咖啡廳。

許呦在門口跺掉腳上的雪，好奇地往裡面瞧，轉頭問道：「這是吃早餐的嗎？」

「不然我帶妳來幹嘛？」

說完這句話，謝辭低下頭看了她一眼。

許呦沒理他，在門口放下自己的傘，摘掉手套就推開玻璃門進去，風鈴一陣亂響，謝辭跟在身後。

他們隨便找了個靠窗的位置坐下，謝辭把菜單翻開，象徵性地問：「妳吃什麼？」

店裡開了暖氣，許呦把書包放到一邊，低下頭地纏在脖子的圍巾一圈圈取下來，「都可以。」

想了想，她又說：「我不喜歡吃乾的。」

「什麼是乾的？」

「饅頭之類的。」許呦不好意思地笑笑，「我吃不太習慣。」

「除了這些呢？」

「沒什麼了，我吃小餛飩、粥也可以……」

他只是「嗯」了一聲，說：「喔，知道了。」

等了一會兒，早餐上桌，許呦目瞪口呆地看著兩個服務生端上一道道菜。

奶油饅頭、紅豆粥、小餛飩、炸醬麵、肉絲麵湯、豆漿、油條、牛肉麵……

熱氣騰騰的食物被陸續放到乾淨的白色大理石桌面上，服務生開玩笑地道：「你們是不是還有朋友沒來啊？一頓吃得了這麼多嗎？」

等服務生走了，許呦才說：「別亂花錢啊。」

謝辭不知道怎麼了，一大早特別沒精神。他眼睫半磕，轉著手上的茶杯，打了個哈欠，「沒關係啊，快點吃。」

許呦只好低頭喝粥，不想說話，也不想理他。

半晌，身邊有個人落座。許呦繼續吃東西，心裡悶著火，不說一句話。

「嘖，吃起東西來就不理我了？」

謝辭手肘撐在桌面上，懶懶地托住頭，低垂著眼打量許呦，又靠近了一點。

她沒任何聲響，謝辭又往裡面擠了擠。

「你別挨著我，煩人。」許呦忍不住發火，把陶瓷湯匙摔進碗裡，碰撞出一點清脆的響聲。

他盯著她因為生氣而微微嘟起的唇，好笑地道：「我怎麼了？」

「我很生氣。」許呦轉頭，正視他的眼睛，「我覺得你很浪費。」

旁邊幾桌還有人，店裡算比較安靜，她壓低了聲音，「如果錢多，完全可以花在別的地方。」

謝辭像是無奈又覺得好笑，捏了捏許呦的臉，「也沒多少錢啊。」

「不是這個問題。」許呦打斷他，看著他的眼睛說，「我不喜歡你浪費食物。」

她別過臉去，小聲道：「我從小被我外婆帶大，外公是農民，他們很辛苦的……」

說完她又開始喝粥。

謝辭不發一語地聽她說完這些話，摸了摸鼻子，咳嗽一聲，「我怕妳吃不好嘛……沒關係，那我現在找幾個人過來把這些東西吃完？」

真是說人人到，這句話剛說出口，身後就響起驚喜的招呼聲：「哎喲，阿辭也在呢，真巧！」

一轉頭，李傑毅帶著一幫人站旁邊，陳晶倚也在，還有高三的幾個男生女生。

他們都認識謝辭，一群人陸陸續續和他打了招呼。謝辭對這種沒意義的寒暄充耳不聞。

陳晶倚努力控制住表情，若無其事地在旁邊找了個位置坐下。隨即身邊的同伴也坐下，響起一兩句議論聲：「謝辭旁邊那個是他新女友吧？」

「應該是吧，我們好像沒什麼看過。」

「聽宋一帆說，謝辭可喜歡現在這個了。」

「這還不寶貝嗎？以前哪能看到他耐心地陪人吃飯……」

說完，一個人被旁人推了一下。說話的人意識到什麼似的，也閉上嘴。

吃了一會兒，李傑毅被謝辭叫過去。

他莫名其妙，而謝辭抬了抬下巴，示意他坐到對面。

李傑毅看到桌上擺著一大堆食物，一邊坐下一邊感嘆：「高品質生活啊，謝少。」

「我媳婦吃不完，你把這些解決了。」

「啊？」李傑毅這才發現兩個人有點不對勁。他很聰明，瞟了低頭吃東西的許呦兩眼，嘴角噙起一絲壞笑，神情曖昧地說：「怎麼回事啊？你對人家小女孩做了什麼，怎麼不理你了？」

謝辭用嘴型回了一個「滾」。

李傑毅笑得更厲害，「嘖嘖嘖，你們鬧著彆扭，讓我也很尷尬啊。」

謝辭不鹹不淡地回：「鬧了點彆扭，李傑毅，你婦女之友嗎？管這麼寬。」

「行行行，謝少長得帥，你說什麼就是什麼。」

「滾。」

「您要我來就來，現在又讓我滾，玩弄我嗎？」

謝辭在底下踹了他一腳，笑罵道：「開我玩笑很高興是嗎？」

「你住手啊，有話好好說，別動手動腳的。」李傑毅老大不高興。

兩個人你一句我一句，故意插科打諢開玩笑。明知道謝辭是故意逗自己，許呦還是忍不住笑出來。

她一笑，謝辭立馬湊上去：「哎喲，終於不板著臉了？」

有外人在，許呦不太好親近，往旁邊移了一點，看他：「你不吃嗎？」

「妳生我的氣，讓我怎麼吃得下啊。」他說得理所當然。

李傑毅就坐在兩人對面，心裡默默吐槽：這兩人談戀愛，閃死旁邊的人，偏偏自己還沒察覺。還有謝辭，跟許呦講話的時候臉都恨不得貼上去……

許呦嘆口氣，把他推開了一點，「我沒生氣，你快點吃吧，等等東西都要涼了。」

「那妳餵我啊？」他歪著頭，可憐兮兮地問。

「我才不餵，你自己好好吃飯。」

謝辭的下巴壓到她肩膀上，「這麼狠心？」

在對面坐著的李傑毅插嘴，「差不多行了，這裡還有個人呢。」

謝辭壓根懶得理他，抬起眼皮瞥了李傑毅一眼，「煩不煩啊？哪來這麼多廢話。」

第十二章

儘管他們開始在一起的形式還算美好，
但前途實在是蒼茫不明。

隨著高二上半學期的最後一次考試塵埃落定，理科衝刺班的最終名單也確定下來。理科衝刺班一共三十個學生，許呦和九班其他兩個學生毫不意外地入選了。

這一屆理科衝刺班取名為零班，零班比其他班的學生晚放假一週，許呦那天還在家裡休息，就接到通知說後天中午要去學校上課。

臨市一中歷年來理科衝刺班的學生都是最受矚目的，分配到的各科老師也是學校的頂尖師資。早在其他班級的分班情況出來之前，零班學生的名單就被貼到公告欄上，上面都是平時月考排行名列前茅的學霸們。反正進了這個班，就像在身上貼了一個金光閃閃的標籤一樣。

隔天去學校，許呦沒費多大的力氣就找到零班的位置，就在一樓。

教室裡已經有不少人，有一些應該以前就是同學，三三兩兩地坐在一起聊了起來。反正許呦一個也不認識，隨便挑了靠前面的位置坐下來。

新的班主任姓王，叫王夏冬，年紀四十幾歲，看起來有點不苟言笑。他是教數學的，走上講臺先做了一番自我介紹，然後例行說了一些大家從小到大，耳朵都聽到長繭的心靈雞湯，下個環節就是班上每個同學做自我介紹。

在許呦之前上去的一些男生都特別風趣幽默，天南海北的也很能說，逗得全班哈哈大笑。

輪到許呦，她比較無趣，不知道說些什麼。先到黑板上一筆一劃寫下名字，寫完後把粉筆丟進粉筆盒。被那麼多人注視著，她不太自在，頓了一會兒才說：「大家好，我叫許呦，呦是呦呦鹿鳴的那個呦，很高興和大家成為同學，希望接下來一年可以一起進步……」

非常制式的自我介紹，說完就沒話了，不過台下的掌聲還是照樣響了起來。

許呦左手托著下巴，心不在焉地玩筆，等剩下的人一個個做自我介紹。

她發著呆，突然聽到一道輕柔的女聲：「大家好，我叫邱青青。」

這時，後面兩個女生的議論聲傳入許呦耳中：

「哎喲，沈佳宜真的挺好看的，好白啊。」

「還行吧，我覺得普通。」

「聽我朋友說她性格也很好，真是羨慕這種女生，長得漂亮，成績還好……」

「不然全學年怎麼會有那麼多男生追她呢，就那個……也跟她談過。」一個女生提了一個名字，「就謝辭，妳認識吧？」

另一個女生嘖嘖兩聲，「謝辭挺混的啊，真不知道兩個人怎麼搭上線的。」

「呿，人家長得帥，家裡還有錢……」

後面的許呦沒再聽下去。

晚上放學後，已經快十點鐘。許呦收拾東西，坐在隔著一條走道的陌生男生來向她請教問題。

這樣一來二去，許呦倒是和那個男生熟悉了一點，知道他叫沈陽。沈陽每次都喜歡在晚自習結束後和許呦討論化學題目，或者說爭論。他這個人有點鑽牛角尖，老喜歡鑽研想不通的問題。許呦一般就是默默地聽，指出他邏輯錯誤的地方，然後兩人在校門口分道揚鑣。

零班的進度快，雖然只補課七天，但是這短短幾天裡，基本上每門科目的老師都陸續上完了新課程，開始總複習。

快過年前夕，零班和高三的學生一起放了假，寒假也在不知不覺中悄然來到。

分班結果出來後，以前的同學朋友都陸續傳了祝賀訊息給許呦。

那天許呦在家裡收拾東西，突然想起這段時間太忙，好久沒見過謝辭。父母在客廳看電視，她坐在小板凳上，藉著檯燈微弱的黃光邊整理考卷，邊打電話給謝辭。

打了幾通，那邊都沒有接。也許沒聽到，或者有別的什麼原因。又撥了一次出去，這次是被人為掛斷。她猜不到發生了什麼事，覺得腦海裡有點亂。

陳秀雲在這時推門進來，許呦隨手把手機放到一邊，仰起頭輕聲喊：「媽媽。」

「嗯，在幹什麼？」陳秀雲臉上有淡淡的笑意。

自從知道許呦分進理科重點班，他們家的氣氛一直很好，許爸爸的念叨也少了很多。

「我在收拾東西，整理考卷。」許呦老實回答。

陳秀雲點點頭，「你們放幾天假？」

「十二天，元月初七去上課。」許呦算了算，「但是老師發了很多作業要寫。」

陳秀雲驚訝，「你們班管這麼嚴啊？」

「嗯……」許呦心不在焉，無意識地把考卷折了又折，背微躬地靠著床沿。

過了一會兒，放在床上的手機震動起來，她看了一眼來電顯示。

陳秀雲問：「妳同學嗎？」

許呦點點頭說：「我以前同桌。」

等陳秀雲出了房門，她才把電話接起來。是付雪梨，那邊有震耳欲聾的音樂聲和歡呼聲。

許呦開口：「雪梨？」

付雪梨那邊像在跟人講話，半天才喂了一聲，走到安靜一點的地方，『呦呦，妳在家嗎？』

「在。」她靜了一會兒說，「這麼晚了，妳怎麼還在外面？」

『今天九班的出來聚會啊！妳怎麼不來，早上打了好多通電話給妳。』

許呦解釋，「我們今天下午才放假，我一直沒看手機。」

『那晚飯呢？許星純也來了，結果我找半天都沒找到妳。』付雪梨多聰明，挑重要的說：『謝辭今天情緒挺不對勁的，妳要不要來看看？』

聽到這句話，許呦翻考卷的動作頓了一下，「謝辭跟你們在一起吃飯嗎？」

『對啊，不過他下午沒跟我們玩，就晚上來吃飯。』付雪梨答。

許呦笑了笑，說：「我知道啦，今天可能去不了，幫我和班上的人說聲對不起吧。」

付雪梨掛了電話，旁邊的宋一帆看著她，「怎麼樣，許呦出不出來？」

「不出來。」付雪梨收起電話，推開包廂門看裡面的情況，皺了皺眉頭，「謝辭怎麼回事啊？剛剛喝了那麼多，現在還在跟李傑毅他們炸金花[1]。」

宋一帆支支吾吾，神色猶豫。

包廂裡燈光迷離，煙霧繚繞。陳晶倚坐到謝辭旁邊，把他的手機丟到茶几上，輕聲細語地說：「阿辭，我打完電話了。」

§　§　§

因為許呦放假時間短，沒時間回老家過年，大年三十晚上就找了陳麗芝一家來過年，兩家人聚一聚，吃頓團圓飯算是過了年。

飯桌上，陳麗芝和許爸爸談起許呦的成績。

「阿拆打算以後考什麼學校？」陳麗芝問。

許爸爸回答得保守，「看她高考怎麼發揮。」

按照許呦現在的正常水準，高三成績不退步，應該能進頂尖學府。她的個性又沉穩，能靜下心來，家人都對她很放心。

「就是怕她在學校受別人影響。」許爸爸搖搖頭，嘆了口氣。

在臨市一中讀書的學生經濟條件都不錯，彼此之間肯定會比較吃穿用度。

陳麗芝知道許爸爸在擔心什麼，便寬慰了幾句。

過了一會兒，陳秀雲把切成片的水果端出來，放到餐桌上，「哎呀，你們多吃點，先休息一會兒，說點別的吧。」

「妳也別忙了，快點吃飯吧，姊。」

「我不餓。今天的菜好吃嗎？」

陳秀雲皺著眉，輕輕拍了拍許呦的肩膀，「阿拆，跟妳說話呢，怎麼老是走神？」

許呦一副有心事的模樣，說幾句才回一句。

聽到母親催促，許呦才不再發愣，停止吃飯的動作抬頭。

「問妳今天的菜好吃嗎。」陳麗芝在一旁解圍。

許呦回過神，點點頭，「好吃。」她邊說話，眼睛又垂了下去。

「妳最近壓力是不是有點大？看妳整天不說話，就在房裡，放假了也沒看妳和同學出去玩。」

陳秀雲在圍裙上擦了擦手，拉開一邊的椅子坐下來，有些擔心地打量許呦，「讀書重要，身體也重要啊。」

「對啊，阿拆，別老是這樣，多出去走走，這樣老是待在家裡，容易把自己悶壞的。」

許爸爸打斷她們，用筷子敲了敲碗，「玩什麼玩，都什麼時候了，許呦她自己會有分寸。都快高三了，必要的努力也是需要的，現在她年輕，辛苦一點又不會怎麼樣，這點苦都受不了，以後出社會了怎麼辦？有志者事竟成！」

許呦低下頭默默吃飯，聽著也不說什麼話。走了一會兒神，卻想起剛剛謝辭打來的那通電話。

她吃完飯和外婆通電話，外婆已經在前陣子出了院，一直在家靜養，接到許呦的電話很是開心，反覆用熟悉的家鄉話喊：『阿拆喲，阿嬤好想妳啊。過年不回來，吃不到阿嬤給妳做的油糕啦。』

家裡還有兩三個和許呦同輩的表姊和表哥，但是許呦是外婆最疼愛的一個。她從小跟在外婆身邊長大，轉來這邊上學後，外婆總是擔心許呦沒東西吃，或者吃不夠、吃不習慣。但是外婆年紀大了，很多事情記不牢，一件事情喜歡反覆念叨許多遍。

「阿嬤，我放假回去看妳，身體有好一點嗎？」許呦壓下心裡淡淡的辛酸，笑著問。

『身體好多了，妳在那邊有沒有好好吃飯？學得怎麼樣？』

「學得很好，我天天有好好吃飯，等放暑假就可以回去啦。」

『乖啊，我的阿拆，暑假回來，阿嬤熬紅豆湯給妳喝，還有蒸糕啊。阿嬤弄了很多，妳到時候說說，我幫妳準備好。』

她乖乖答應，「好，阿嬤妳在那邊也要好好的，我會聽話的。」

『我年記大啦，好不好沒關係。只要阿拆好好考大學，阿嬤看妳嫁出去，就能安心走了。』

聽外婆絮叨完後，掛掉電話。

許呦低著頭，坐在客廳的沙發上發呆。面前的電視機裡放著歡快喜慶的春節聯歡晚會，偶爾能聽到樓下兒童嬉鬧跑過的笑聲，伴隨著一陣煙火爆竹劈哩啪啦的聲響。

她脫了鞋，盤腿坐在沙發上，無意識地翻看手機。收件匣裡有許多群組的祝福訊息，許呦懶得回，一則則往下翻。突然看到一個名字時，她手指一頓。

謝辭……

上次和他見面還是什麼時候？半個月前？一個月？記不清楚了。

自從那天晚上，她就再沒有聯繫過他，謝辭也沒有找過她，兩個人的聯繫似乎就這麼斷了。

他總是這樣，善於周旋在各種人身邊，燈紅酒綠的日子過得瀟灑有趣。開心的時候纏著她，如果不開心了，去處也多，和她正好相反。

從某種意義上而言，許呦也算一個膽小鬼，面對他忽然冷淡下來的態度，她也不會刻意追問，就這麼逃避他們之間的問題。

幾天前的深夜，許呦寫著考卷，接到謝辭打來的一通電話。

接通後，他一句話也不說。許呦本來就不善言辭，不知道說什麼，也不知道這通電話的意圖是什麼，於是也沉默。

「謝辭？」過了一會兒，許呦試探性地喊了一句。

那邊只有輕不可聞的呼吸聲，然後他開口：『妳在哪裡？』

「家裡。」

『喔。』

她沒有話要說。

他問：『是不是我不打電話給妳，妳永遠不會找我啊？分班了就想甩掉我？』

這時，電話裡突然傳來一陣嬌柔的聲音喚他的名字，然後便是清脆的笑聲。

「你在外面，喝醉了嗎？」許呦靜靜地問。

『現在終於可以不用跟我在一起了，妳是不是很開心啊？』謝辭的聲音疲憊，話說得混亂，逃避著問題。

『阿辭……』那邊又有隱隱約約的聲音傳來。

許呦聽不懂他在說什麼，垂下眼。小小的閱讀燈照亮書上的字，她翻過一頁，把手機放到旁邊。

幾分鐘後，她重新拿起手機，那邊已經掛了電話。

§ § §

談戀愛實在太費勁了，許呦猜不到謝辭在想什麼。兩個人從小生活的環境天差地別，消費觀念也不同。她是普通家庭，和他差別太大。

儘管他們開始在一起的形式還算美好，但前途實在是蒼茫不明。

她沒有和一個男生有過這麼親密的關係，連人際交往也很少。許呦雖然很懂得克制，但也時常會不知所措，失去判斷和推測，如同在盲目中摸索前進。他對她來說，太詭異難辨，但是她沒辦法傷害謝辭，即使要離開，也不願意是主動開口的那個。

思量許久，許呦拿著遙控器，把電視機聲音調大了一點。回頭看，父母和陳麗芝還在餐桌上聊天。

她撥通謝辭的電話，「嘟……嘟嘟……」一聲一聲地響著，像敲擊在她心上。

『喂——』謝辭接通了。

許呦聽到他的聲音，不知道怎麼就鬆了口氣。她把手機放到耳邊，輕聲說：「新年快樂。」

『還沒過十二點。』

「……」

不知道該說什麼了，許呦聽他那邊似乎沒有半點嘈雜的聲音，不由得有點好奇，「你在房間裡面嗎？怎麼這麼安靜？」

『在外面。』

「外面？你今天晚上沒跟家人團圓？」

『沒有。』

「喔……」

許呦捏著手機走神，剛想說那就這樣吧，電話那頭的謝辭又問：『妳在不在家？』

「在啊。」

身後，陳秀雲喊她，「阿拆，妳還要吃嗎？」

許呦嚇一跳，急忙回頭應了一聲，「不吃啦，媽媽。」

「在跟誰打電話？」陳秀雲收拾碗筷，隨口問了一句。

許呦穩住表情，說：「跟同學。」

說完她就穿上拖鞋，跑進房間裡，輕輕把門反鎖了，才敢繼續把手機放到耳邊，「喂？」

那邊又沒了聲音，許呦解釋，「你剛剛說什麼，我沒聽見。」

謝辭聲音很淡，若無其事地道：『我在妳家社區。』

許呦當場愣住，一時間沒反應過來，又聽到他繼續說，『等妳一天沒吃飯，很餓。』

『下午下雪了，我要凍死了。』

許呦一顆心就像被一隻手緊緊揪著，她雖然遲鈍，懵懵懂懂，但也不是無知無覺。

「媽媽，還有吃的嗎？」許呦換了一身衣服，披上外套，跑去廚房。

陳秀雲看她的穿著，手上的動作一頓，「妳要出門？換衣服做什麼？」

她沒了主意，只能隨便撒謊：「我同學就住在旁邊，晚上沒吃飯，剛剛打電話給我，然後要我送點吃的給她，陪她說一會兒話。」

陳秀雲問：「啊？妳同學爸爸媽媽不在家嗎？」

許呦做賊心虛，眼睛低垂地答道：「她也沒說，反正一個人過年，我就去陪陪她……」

「喔……那好吧，妳把手機帶著。」

許呦平時太聽話，陳秀雲沒有過多懷疑就相信了，說：「還有一點熱的水餃，妳帶去給妳同學吃可以吧？」

「嗯嗯，可以的。」許呦走出廚房前躊躇了一會兒，又說，「媽媽，妳和爸爸說一下，我先走了……」

社區裡一片黑漆漆，隔十幾公尺才有路燈。涼入骨髓的空氣往肺裡走一遭，讓人情不自禁打了個哆嗦。

一點點清淡的梅花香在夜色裡飄散，地上的薄雪已經結成碎冰，融化成水。腳踏上去，有細碎的踐踏聲。

謝辭坐在長椅上，頭頂上面有一朵白花，從枝頭墜落，落到他肩上，他毫無察覺。

她懷裡抱著保溫盒，站在不遠處，小小一張臉清瘦素淨。

兩人默默無言地對視。他漆黑的眼睛眼尾細長，清冷的輪廓淹沒在黑暗之中。

「謝辭。」許呦往前走了幾步，坐到他身邊。她拾起他肩膀上的那朵花，攤在手心裡，湊到鼻尖前嗅了嗅。

清清淡淡的香味。一片寂靜裡，只有兩個人的呼吸。

「我為你帶了吃的。」許呦想起來，低頭打開保溫盒的蓋子。

食物的熱氣接觸到寒冷的空氣，迅速散成白霧。

她以雙手把東西遞過去，輕聲說：「只有餃子了，你吃醋嗎？我幫你加了一點。」

「你不喜歡吃，那我陪你去買點別的？」她看他不動，又補充道。

謝辭先看了看她的臉，又垂下視線看保溫盒，動了動嘴，「等妳等累了，不想動。」

安靜兩三秒，她在心底嘆一口氣。許呦把湯匙拿起來，舀起一顆餃子，遞到他嘴邊。

過了一會兒，又開始飄起似有若無的小雪粒。

暗淡的燈光下，夜色無邊無際，臘梅的清香在冷冽的空氣中淡淡地蔓延。

他們坐的長椅周圍有幾棵樹，前面停了一輛越野車，位置很隱蔽，偶爾有來往的人也看不到裡面。

謝辭坐在她旁邊，眼睛微垂，看著抵在唇邊的湯匙。

半晌，他順從地張開嘴。

餃子並不燙，只是溫暖，和她身上的溫度一樣。

許呦餵他吃東西，也不說話。看他臉頰鼓鼓，嚼完一個咽下去，又把下一個餃子遞到他唇邊。

後來餐盒裡見底，東西吃得一乾二淨。許呦換了坐姿，低頭把湯匙放好，拿起一邊的蓋子蓋上餐盒。

「吃飽了嗎？」她問。

「飽了。」

「喔……」

謝辭的眼珠漆黑，薄薄的外套上灑了一層零星白霜，是未融的雪，而後又是安靜。

沉默了一會兒，她側過臉，瞥了他一眼說：「你在生我的氣嗎？」

起風又下小雪的夜，寒風瑟瑟，凍得人骨頭發疼。

「沒有。」他右手無意識地轉著打火機，敷衍地應了一句，低頭摸出一支菸，準備點上。

不知道為什麼，看到謝辭這副無所謂的樣子，許呦心理瞬間升起一股無力的煩躁，不知如何是好。她不喜歡對別人發脾氣，也說不了什麼重話。她不懂謝辭為什麼會突然這樣，猜測也許是他已經厭倦和她的這段關係……

許呦心裡很亂，想起宋一帆說過的話，然後又想到一個詞語。

喜新厭舊？

許呦在長椅上靜坐了幾秒，然後起身，走了幾步遠後停下腳步，背對著他說：「那你早點回家吧。」接著頭也不回地往前走。

遠處天色暗沉，雪花一點點落過燈梢。

打火機被摔到長椅上，滾落兩下，砸到地上的泥土裡，悶悶地一聲輕響。

謝辭從背後環抱住她，許呦一怔，掙扎了一下，他又摟緊了幾分。

她眨了眨眼睛，眼前的景象有點模糊。

「別走。」謝辭一開口說話，嗓子啞得像一張砂紙。

「對不起。」謝辭道歉。

不知道為什麼，剛剛看她漸漸走遠的背影，他居然第一次有種惶恐的感覺，心裡之前說不清道不明的不甘、委屈和憤怒全都消失，只剩下心臟像被狠狠攥緊一樣。反正腦海裡只剩下一個念頭——不能讓她就這樣走了。

許呦的心像被拉扯般地疼，她轉頭去看他的眼睛，「你沒有對不起我，我只是想知道你怎麼了。」

謝辭正要開口接話，口袋裡的手機響起來。許呦打斷他，連忙騰出一隻手拿出手機：「喂？」

『阿拆啊，怎麼還沒回來？』

這深更半夜的，陳秀雲看她下去老半天，不由得擔心。

「媽媽。」

許呦的手還被拉著，她心虛地醞釀了一下，用方言快速地說：「我同學就一個人，我陪『她』去轉一轉，就在附近，等等就回來。」

陳秀雲不贊同，『這麼晚了，兩個女孩去逛什麼？太不安全了，妳把妳同學帶來家裡。』

「不是。」許呦自己也被噎住，頓了頓才隨便編理由：「『她』心情不好，也有點事要跟我說，媽媽妳別擔心，我帶了鑰匙，手機也帶著，等等就回去了。」

『妳們現在在哪裡？』陳秀雲又問。

「在……學校附近……」聽到追問，許呦暗暗頭痛。

她不敢說就在社區，免得陳秀雲直接要她上去，或者下來找她。

『學校？』

許呦焦躁地原地來回走，手被人扯住。她抬眼看了謝辭一眼，他也正在看她。

「還有其他同學，剛剛才聯繫的……」

那邊猶豫半天，才吩咐：『別弄太晚了。』

許呦答應後又想起來，「爸爸呢？小姨走了嗎？」

陳秀雲說：『剛剛喝了點酒，現在睡了，小姨剛回家。』

「好，我知道了，妳有事情就打電話給我。」

『對了，妳同學裡有男生嗎？』

許呦故作鎮定：「沒有男生，都是女生。」

陳秀雲像是鬆了口氣，「嗯」了一聲。

電話掛斷，許呦才意識到身邊還有謝辭，她一下子尷尬了。隨即又反應過來，謝辭應該聽不懂她說的話，又鬆了口氣。

夜漸涼，她背後卻出了薄薄一層汗。

「你要跟我走走嗎？」許呦把手機收起來，仰頭問。

§ § §

路上積雪融化成水，有些濕滑。

許呦把保溫盒寄放在警衛室裡，跟謝辭走出了社區。

他們就在街邊壓馬路亂逛，這個時候，路上行人很少，只有路燈孤單寂寞地亮著。

她想說點什麼，又始終不知道怎麼開口才合適。

謝辭剛才明明一副愛答不理的模樣，現在卻拉住她的手不肯放。

許呦有點不習慣，以前在一起，都是他的話比較多，現在他不說話，兩個人似乎也沒了話題。

路過一家二十四小時便利超市，他腳步一停，許呦抬頭看他。

謝辭說：「我要買菸。」

「你才幾歲啊，怎麼菸不離手？」

許呦蹙眉，拽著他手臂往前急走幾步，「別買了。」

他盯著她的背影，無聲地笑了一下。

又走了一小段路，許呦毫無察覺，完全不知道謝辭心裡在想什麼，繼續念叨，「我爸爸年輕的時候也喜歡抽菸，後來身體不好，老被我媽媽唸，就戒掉了……」

「妳又不管我。」謝辭面無表情，淡淡出聲。

許呦收聲，回頭看了他一眼。停頓了兩秒，才發覺詞窮。

「我覺得你現在越來越奇怪了。」她說。

謝辭的目光垂下來，看兩個人牽在一起的手，「什麼奇怪？」

「你有什麼事，能不能跟我直接說？我並沒有不管你，也沒有不理你，我打過電話給你，可是你沒接，我以為你有事，然後就沒打了。」

聽她一長串地說完，謝辭眉頭皺起，「妳什麼時候打過電話給我？明明就今天主動了一次。」

這時，背後有道試探性的男聲試探性地叫了一聲：「許呦？」

兩個人同時回頭望去，沈陽確定是許呦後，笑著對她揮了揮手，「真的是妳啊，太巧了，妳怎麼在這裡？」

走近了，他才發現許呦旁邊還站一位男生，沈陽愣了愣，目光在謝辭臉上轉了一圈。這不是……

許呦不記得長相，對眼前這個人沒什麼印象。在腦海裡仔細搜刮一圈，勉強想起來，他好像是新班級裡的同學。她出於禮貌，對他笑了笑，隨口問，「你怎麼在外面？」

「剛剛去買了點東西。」

沈陽的目光調轉向旁邊，遲疑著問：「這是妳哥哥？」

「啊？」許呦愣住。

謝辭的個頭高，又站在臺階上，居高臨下地看著沈陽，目光越來越冷漠。他伸出手，搭住許呦的肩膀，似笑非笑地問：「你是誰啊？」

許呦望向謝辭，覺得他情緒有點不對勁，不過她也沒多想。

站在不遠處的沈陽再怎麼遲鈍，此時也明白兩人的關係不一般。他笑了笑，對許呦說：「那我先走了，回學校再見。」

看沈陽走遠後，許呦清了清嗓子，轉頭跟謝辭解釋，「他是我同學……就是剛剛分班的……」

「我知道。」他別過臉去，不冷不淡地打斷她，許呦感覺他又回到最開始那種情緒，極其不穩定，彆扭極了的狀態。

「妳和他很要好？」過了一會兒，謝辭忍不住低聲問。

許呦沒回答。因為她還在想他到底因為什麼生氣，走神了一會兒，沒聽清楚他問什麼。

這副模樣落在謝辭眼裡，就是默認了，他更加惱火，「因為他成績好？」

「你在說什麼？」許呦回魂，「我和誰要好了？」

「剛剛那男的。」

這下她終於反應過來，急忙擺手，「我和他不熟啊。」

「你們天天一起回家。」他說。

許呦抓到重點，「一起回家？」她無語，神色詭異地道：「我什麼時候和他一起回過家？」

又是安靜半天。

她看他半晌不說話，又問了一遍，「你是不是誤會什麼了？」

這下，謝辭終於肯開口，「我去接妳放學，妳每天都和他一起走。」

分班結果出來後，謝辭的確是最後一個知道許呦去了衝刺班。這其實也是意料之中的事情，可是他不知道為什麼，整個人莫名地煩躁。這種焦慮在他去等許呦放學，看到她身旁一個有說有笑的男生，一瞬間達到頂峰。

一連幾天都是這樣，他不想去問，像吃錯了藥似的，故意折磨自己。每次都在那個位置等，看許呦和那個男生出校門，然後走遠。

「我和他，就是很普通的同學關係，他叫什麼我都不記得，就是有時候晚自習結束，他會問我題目，喜歡跟我爭論，可能就被你看見了。」許呦老老實實地說，「但是我不知道你為什麼會以為我天天跟他一起回家。」她站在高一階的臺階上，眼睛剛好能和他平視。

這裡的光線比較好，她這才發現謝辭雙頰通紅，烏黑的眼珠似有水光。他本來就白皙，這樣看更加明顯。

「你怎麼臉這麼紅？」許呦蹙眉。

「氣的。」他答，不自在地垂著眼睫。

「明明是你自己誤會了。」她輕輕地說。

「我知道。」突然想起剛剛沒說完的話，謝辭問：「妳什麼時候打電話給我的？我什麼時候不接了？」

許呦靜靜地道：「我放假那天晚上。」

他擰眉，小心翼翼地觀察她的表情，看樣子就是想不起來了。

「妳放假……」謝辭又想了想，「九班聚會那天？」

「對。」

謝辭這下有印象了，瞬間反應過來，「我那天被灌醉，手機被拿走了……」

「嗯……」

許呦心不在焉，明顯不想繼續糾結這個問題，她又往上站了一個臺階。

謝辭還想解釋，突然一愣。

「你蹲低一點啊。」她說，然後略微踮起腳，雙手捧住他的臉，下巴貼緊他的額頭，喃喃自語，「好像有點燙……」

謝辭愣住幾秒，她細碎的髮絲掃過他的眉梢。帶點清淡的花香，他呼吸一緊，後頸上的皮膚不自覺繃緊。

「好像真的發燒了啊……」

許呦沒察覺到謝辭的異樣，又騰出手撥開他額前的髮絲，手背貼上去仔細感受。

他乖乖站在那裡，低下眼，深長的黑睫留了一點光，嘴角的笑意四散開來，越笑越停不住。

許呦被他笑得莫名，「要去醫院看看嗎？」

「現在都幾點了。」謝辭一副無所謂的語氣，把她的手腕扯下來，握在手裡。

許呦轉動著手腕，低頭拿手機出來看，快十點了。這麼晚，還是大年三十，醫院也不知道關門了沒……

還在原地糾結著，陳秀雲就打電話來，讓她快點回去。這次母親的語氣強硬了許多，許呦不好繼續搪塞，連嗯了幾聲答應。

「妳要回去了？」他問。

許呦點頭，「我媽媽在催了，你也早點回家。」

「行啊，我送妳回去。」

這裡離社區並不遠，就幾條街的距離。回去的路上，謝辭和她十指相握，手心貼著手心。

走了幾步，她才突然反應過來，看著他：「今天你為什麼一個人？」

「……什麼？」

「大年三十怎麼一個人過？」

「我一直一個人啊。」

她不解，就聽到他說，「我國中就一個人住了。」

「國中！！」許呦錯愕，以為謝辭在開玩笑，「為什麼……」

「喔，和我爸吵架了。」他面色如常，話說得風輕雲淡。

許呦敏感地察覺到謝辭的情緒有點不對，不由得想起上次在校長辦公室，他被父親打的那重重一巴掌。她直覺謝辭和家裡肯定鬧了什麼矛盾，但是她不是一個好奇心很重的人，何況作為外人，也不好多打聽別人的家事，於是話到嘴邊又咽了下去。

他們靜靜走了大約有好幾分鐘，快到許呦住的樓下。

她停下腳步，想了想後說：「雖然我不知道你和你爸爸媽媽有什麼矛盾，但是你可以和他們好好談談，畢竟是你父母……」

「我媽早就不和我爸在一起了。」

許呦有點懵，沒反應過來這句話的意思。

謝辭說：「我十二三歲的時候，我爸出軌，我媽在我面前從二樓跳下去，摔到草坪上沒死，後來從醫院出來，兩個人就離婚了。我爸找的那個女人就比我大幾歲，我媽和我爸離婚以後，過幾年就再婚了。」

他說這些的時候很平靜，表情都沒有什麼變化，就像在說別人的家事，和自己不相關一樣。

許呦心一揪，心裡有種說不出的感受。

她不懂人情世故，不知道該怎麼應付這種情況。聽到這些沉重的過往，想要說點什麼，至少要謝辭現在別難過，卻還是開不了口，怕不論說到什麼，都會不小心傷害他……

猶豫了半晌，陳秀雲又打了幾通電話來催。

許呦側了身，接起來小聲地說：「媽媽我在樓下，馬上就上去。」

『妳快一點，這麼晚了，女孩子別總是待在外面。』

「我知道。」

『還有多久？』

「馬上……」

那邊電話掛斷。許呦把手機收起來，轉過身看到謝辭。還沒說話，他就先開口，「拜拜。」

許呦思考停滯，只能問：「你心情是不是很不好？」

「沒有。」他答。

「真的嗎？」

「早就習慣了，妳回家吧。」謝辭笑了一下。

許呦點點頭。看了他一眼，不放心地道：「那你快點回家，打電話給我。」

「好。」他答應。

「謝辭，你等等——」她神色猶豫，又叫住他。

謝辭轉頭。

「你……」

「我沒事啊。」

樓梯裡的聲控燈壞了，許呦在一片漆黑裡慢慢摸索著上樓。走到二樓，許呦的腳步頓住，手緊緊捏著旁邊的扶手。

「謝辭！」

安靜的社區裡陡然響起一道急切的女聲，在這種深夜裡顯得格外突兀。

靠在路燈下抽菸的人，動作一頓，頭往旁邊抬。

許呦從不遠處奔過來，她怕他走了，一路都跑得很急。

剛剛上樓，許呦的腦海裡一直在想謝辭最後和她說再見後，轉身就走的模樣，背影有點孤單落寞。她不知道怎麼形容那種感覺，反正心裡有種念頭，不能讓他一個人……不能讓他就這麼走了。

謝辭看到她，沒有動也沒有說話，指尖夾住的菸掉到地上。

「謝、謝辭。」許呦終於到了他面前，氣都沒喘過來，一上一下地呼吸。她說不出話，乾脆抱著他的腰，頭貼在他的胸口，心臟抑制不住地亂跳。

謝辭呆呆地怔忪在原地，忘了反應。

許久，許呦仰起下巴問：「你晚上一個人嗎？」

「嗯。」謝辭停頓了一會兒，像是在整理自己的情緒，說出口的聲音沙啞至極。

「你怎麼來的？」

「開車。」

「那你……在車裡等我，我先上去，等我爸爸媽媽睡了，我再跑下來陪你。」

許呦心裡不忍，於是又說：「我們家有個傳統，就是大年三十晚上睡覺不關燈，要是你怕，就看著我們家的燈。」

「好。」

許呦很少做這種瘋狂的事情，以至於她躲在被窩裡，看時間一點點過去，連自己都覺得荒唐。冬天悶在被子裡，呼出的熱氣很快就模糊了手機螢幕。她用手指耐心地一遍遍擦掉水霧，眼睛眨也不眨。

外面的聲音漸漸沒了，家裡一片安靜。父母早早陷入睡眠。

十二點一到，樓下各路鞭炮劈哩啪啦地響起來，各種煙火爆竹歡快地吵鬧著。

許呦算準時間，披著外衣下床，悄悄推開臥室門，躡手躡腳地走到玄關處換好鞋。她把鑰匙裝到口袋裡，屏住呼吸關好門。

一路跑到樓下，她才反應過來。剛剛走得太急，忘記和謝辭約地點了。

許呦攥緊手機，原地轉了兩圈，才準備打電話給他，不遠處突然響起一道喇叭聲。

她聞聲望去，謝辭左手伸出窗外，擺動了兩下。

她小跑過去，打開副駕駛座的門。車沒熄火，車廂裡一股菸草的味道彌漫。

謝辭單手撐著車窗，在和別人打電話。看到許呦上車坐好，他把暖氣打開，車子上了鎖。

「等等，馬上好。」謝辭側眼。

許呦聽見他的話，點點頭，「沒關係，你講。」

電話那邊是宋一帆，聽到動靜，他揶揄了一句，『你們夠浪漫的啊。』

「嗯。」謝辭看到許呦來了，哪還有心思和他說話，敷衍道：「就這樣吧，我掛了。」

『別掛啊，話沒說完呢，兄弟。』宋一帆氣得直翻白眼，虧他還特地從家裡溜出去，約了一大幫人準備去陪謝辭玩，搞半天，今年人家有媳婦陪著。

「什麼事啊，你快點行不行？」謝辭又在催。

宋一帆暗罵一句，連忙說：『明天帶嫂子出來一起吃個飯唄。』

「你們幾個人？」

『沒幾個，就毅逼、成哥，大梨子明天也可以叫來……』

「再說。」

『給個答案啊，你知道我們幾個跑出來專門開房就為了陪你，結果你倒好，一聲不吭就拋下兄弟和老婆走了，是不是兄弟啊，謝辭？』宋一帆嚷嚷。

謝辭還沒出聲，那邊就換了個人。

陳晶倚走到僻靜的角落，握著電話，聲音中帶著隱忍：『你把我的電話設成黑名單了？』

謝辭眼睛看著許呦，她似乎覺得等得有些無聊，就側頭專心盯著窗戶外面，看煙火看得津津有味，還拿著手機拍了好幾張。

他扯了扯嘴角，懶洋洋地對那邊應了一聲，「嗯。」

『為什麼？』

「別惹許呦。」謝辭沒了耐心，也不等那邊回應，自己說完就掛了電話。

許呦聽到她的名字，以為他在喊自己，轉頭問：「怎麼啦？」

「沒什麼。」

夜深人靜，車裡只有黯淡溫暖的橘色燈光。許呦靜靜淡淡地端正坐在座椅上，及肩的髮披著，穿著可愛的小熊外套，臉蛋因為奔跑變得微紅，睫毛像薄薄的蒲扇。

「妳剪頭髮了？」他盯著她一會兒，突然問。

許呦「啊」了一聲，沒料到他會說這個。她點點頭，不好意思地說：「昨天媽媽在家裡幫我剪的。」

謝辭笑了笑，拉過她的手腕。

垂下眼，看見她細白的手腕膚色潔淨，他忍不住傾身親了一下。

她被他這個動作弄得如遭雷擊，迅速抽回自己的手，僵著身體，「別這樣，外面有人……」

「嗯……沒人。」謝辭漫不經心。

許呦還是不放心，和他拉開了一點距離，「我們還是來聊天吧。」

「聊什麼？」他問。

許呦仔細思考，很淡定地說：「你平時喜歡幹什麼？」

謝辭頓了半天才說，「沒有。」

見她被噎住的模樣，他才笑了笑，「妳呢，讀書？」

許呦搖頭，「誰會喜歡讀書啊？」

「妳啊，一直都在讀書。」

以前謝辭坐在她後面，一下課就看到她不是在抄筆記就是寫考卷，彷彿不知疲倦的模樣。怎麼調戲她都不理，也不生氣，像個刻板老實的秀才，一心唯讀聖賢書。

秀才說：「嗯，因為我成績一直都很好，就習慣讀書了。」

「喲。」謝辭挑眉，「年紀輕輕，偶像包袱很重啊。」

許呦笑起來。

他淡淡地問：「妳以後要去讀哪間大學？」

她想了想，半開玩笑地說：「新東方。」

「去北京？」

許呦看著他，疑惑道：「你問這個幹什麼？」

謝辭看著她，「妳說呢？」

「對了。」許呦突然想起來一件事情，她說，「明天早上，我陪你去醫院打針。」

「為什麼？」

「你發燒了啊。」

「吃藥就可以了。」

許呦蹙眉，不贊同道：「有些病不能拖，加上又是這麼冷的天氣。」

他不說話。

「好不好？」許呦還在問。

謝辭看她的眼神越來越不對勁，許呦這次反應很快，知道他想幹嘛。她捂住下半張臉，只露出眼睛，小聲地說：「不給親，你先答應我。」

他失笑，湊上去吻了吻她乾淨白皙的手背。

許呦因為他的動作，耳朵變得通紅。

謝辭又向前傾，笑著去親她的眼睛。

「你好煩啊。」

「不給我親我也要親。」他眼睛沉沉，聲音喑啞，兩人是快挨在一起的距離。

她往後躲，謝辭將許呦的手拉下，單手撐在玻璃上，偏頭堵住她柔軟的唇。

到了後半夜，許呦實在支撐不住，昏昏沉沉地在車上睡去。陳秀雲通常六點起床，所以許呦得算準時間，五點半就上去，後來是謝辭把她叫醒的。

怕打擾她的睡眠，車裡鵝黃色的燈關了。外面天色仍舊一片昏暗，一輪彎月掛在深藍色的天際。

長時間維持同個姿勢，左腿神經被壓著。許呦睡眼朦朧，睜開眼揉了揉，乍然一動，肌肉酸痛酥麻，讓她難忍地嚶嚀一聲。

謝辭側目。

「腿麻了……」她說了兩句，又「嘶」了一聲，咬住唇。

謝辭笑著趴在方向盤上看她，「我幫妳揉揉？」

「不要。」許呦抬臂，擋住他伸過來的手，自己緩了一會兒。

車裡很安靜。他眉骨微抬，問：「今天能出來嗎？」

「……今天？」她遲疑著。

謝辭「嗯」了一聲，說：「跟我朋友吃飯。」

上樓之後，許呦輕手輕腳地把門打開。屋裡一片漆黑，安安靜靜，父母還沒起床。她小心翼翼地把鑰匙放到玄關處，也不敢開燈，就這麼摸黑進了房間。

剛剛明明睏到不行，不知道為什麼現在又睡不著了。坐在床腳發了一會兒呆，把時間熬過去一點，許呦起身，從衣櫃裡拿了幾件衣服去浴室洗澡。

等吹乾頭髮出來，陳秀雲已經在廚房做早餐。她詫異地盯著許呦，「妳一大早上洗什麼澡？」

許呦把髒衣服丟到洗衣機裡，垂著眼說：「早上起來流汗了，不舒服。」

飯桌上，許爸爸突然問起，「對了，阿拆什麼時候去上學？」

「還有五天。」

「那快了。」陳秀雲算了算，「妳作業寫完了嗎？」

許呦低頭喝粥，應了一聲。她手腳快，吃完飯，把碗筷收拾好後突然說：「我今天，能跟同學出去玩一天嗎？」

許爸爸正在看報紙，他的目光隨意掃掠，開口問：「什麼同學？」

「以前班上的同學。」

「我買給妳的資料寫完了嗎？」

許呦這才想起來，沒吭聲，許爸爸眉頭一擰。

陳秀雲連忙在旁邊說：「沒關係，你讓阿拆出去玩一天吧。前幾天都在家裡寫作業，加上過幾天又要上學了。」

許爸爸皺眉，沒說話。

許呦像做錯事一樣，低下頭，隔了一會兒才說：「要不然我不去了……」

看她這副樣子，許爸爸把報紙又翻過一頁，好半天才說，「早點回來。」

---

1 炸金花：一種撲克牌遊戲。

第十三章

我和你以前的女朋友有差別嗎？

謝辭的燒沒退，他不想去醫院，所以兩人隨便找了一家小診所。

醫生是個老爺爺，幫謝辭看了一會兒，說就是普通的發燒感冒，吊兩瓶點滴就可以了。

小護士去後面開藥，爺爺把老花鏡取下來，上下打量著謝辭，「這麼冷的天氣還穿這麼少，怪不得會發燒。」

「為了好看啊，爺爺。」他笑得不正經。

醫生爺爺眉頭鎖在一起，小聲嘀咕，「男孩子還這麼講究。」

謝辭：「要陪女朋友約會。」

許呦本來在一旁聽得想笑，直到那個醫生把不贊同的目光轉到她身上。她笑容一滯，急忙把他拉到旁邊的椅子上坐下。

「你幹嘛和別人亂說話？」她有些惱怒。

「亂說什麼？」

「為了約會什麼的……」

「不是嗎？」

許呦的眼睛略微睜大，快要相信了：「你真的是因為好看才穿這麼少？」

謝辭津津有味地看著她的表情，「我一直用我的美色在誘惑妳啊，沒發現？」

診所裡開了暖氣，小電視機裡正在放相聲。

小護士調好藥過來幫謝辭吊點滴，順便給他一個小熱水袋溫手。她的大拇指按動滾輪，調節點滴速度，走之前囑咐許呦：「這一瓶快滴完了叫我。」

謝辭昨晚一直沒睡，現在睏了，頭靠在許呦肩膀上補眠。最後許呦枕得肩膀都麻了，也沒推開他。

她沒事做，翻了本沒寫完的參考書攤在腿上，用右手寫字，時不時抬頭看藥還剩多少。

旁邊有個微微發胖的中年婦女也在吊點滴。她閒得無聊，四處與人講話。輪到許呦，她用不太標準的普通話問：「小女孩還在上學啊？」

許呦點點頭。

「讀得這麼辛苦，高三嗎？」

她不好意思地笑，「高二。」

「哎喲，快高三了啊，我女兒跟妳差不多大。」

那婦女思想比較保守，神色複雜地掃了許呦一眼，「這種年紀，談戀愛很耽誤時間的。」

許呦看起來氣質沉靜，在這種場合都能靜下心學習，明顯和旁邊的謝辭不是同種人。

過了一會兒，婦女又問：「談多久了？」

許呦抿嘴笑，也沒回話，就搖搖頭。

「別為了這種事情荒廢一生喔。」

謝辭沒多久就醒了，說渴。

許呦把書放到旁邊，起身幫他倒了溫水。

他一副沒睡醒的慵懶模樣，一開始沒什麼反應，過一會兒忍不住皺著眉說，「好苦。」

「什麼？」她沒聽清楚。

「我嘴裡什麼怪味？好苦。」

「正常的。」

許呦從口袋裡找出一支棒棒糖，低著頭，耐心地剝開糖紙塞到他嘴裡，「含著吧。」

他叼著一根棒棒糖，含含糊糊地問：「妳怎麼有糖？」

她默了默，「從家裡帶的。」

「給我？」

「嗯。」

§ § §

下午吃飯，宋一帆訂好了包廂，把地址傳給謝辭，是他們常去的一個地方。來的人很多，兩人一進去，幾個人都愣了一下。面面相覷，隨即反應過來，嘻嘻哈哈地跟謝辭打招呼。

「怎麼這麼多人？」

謝辭伸手，使勁推了一下宋一帆腦袋，「你請了幾個？」

宋一帆正在打牌，頭被打一下，不由得叫了一聲「哎呦」，心虛回望，「我也不知道……一開始就叫了幾個……誰知道。」

誰知道人越喊越多，甚至連高一都來了幾個。不過宋一帆想著，人越多越熱鬧，隨他去吧，也就沒管了。

「怎麼了？嫌人多，打擾到您談情說愛了？」

「滾。」

謝辭皺眉。

他說不清楚為什麼，心裡就是不想把許呦帶出來，給以前那群無關緊要的人看。反正別人一盯著許呦，他的心情就無比煩躁。

李傑毅打了個哈欠：「阿辭幫我來一把，要輸死了。」

謝辭剛打完針精神不好，直接拒絕。

「什麼時候吃飯？」他問。

「等一下啊，估計五六點。」

「我要睡一會兒。」

宋一帆隨手一指，「裡面有房間，你去吧。」

許呦坐在旁邊和付雪梨說話，不知道講了什麼好玩的笑話，她輕輕笑起來。

「喜歡吃甜的嗎？我剛剛去路上買了一點。」付雪梨推一盤精緻的甜點過來。

她手托著下巴，百無聊賴地說：「本來是買給許星純的，結果被宋一帆喊來吃飯，哈哈哈哈！又放他鴿子了。」

許呦問：「啊？班長不要緊吧？」

付雪梨很傲嬌，「沒關係。」

反正也不止這一兩次了。

「妳快吃吃看好不好吃。」她催許呦。

「這是什麼？」

「芒果鬆餅，吃過嗎？」

許呦搖頭，「沒有。」

她一口咬下去，全是奶油，有點芒果的清香。

許呦喜歡吃甜的，所以可以接受。她用塑膠叉一點點挑起來，送到口裡。

「呦呦，許星純在你們班上還是班長啊？」

「嗯。」許呦點頭，「老師選的。」

付雪梨了然，「他從小到大都是班長，我們國中老師也特別喜歡他。」

剛講兩句，手臂就被人拉起來，許呦轉頭。謝辭站在一旁，臉色潮紅，眼睛濕漉漉地看著她。

謝辭的神色懨懨，垂著眼懶洋洋地說，「陪我去睡覺。」

付雪梨說，「你自己去唄。」

「走啊。」謝辭手拉著許呦不放。

「去哪裡？」許呦莫名其妙。

「旁邊，有睡覺的地方。」

「阿辭，你三歲小孩啊，睡個覺還要人陪？」旁邊有人看到這一幕便開玩笑。

謝辭不舒服，一句話都不想多說，誰也懶得理。

看著他強行把許呦半拉半拖走，付雪梨無語。這個人占有欲要不要那麼強？和許星純簡直有得拚。

有個女生湊過來問，「這是謝辭新女朋友啊？他們談多久了？」

付雪梨低頭玩手機，老實道：「我也不知道他們什麼時候在一起的。」

「感覺謝辭是要收心的架勢啊。」

「收個頭啊！妳以為這是言情小說呢？」另一個人說，「謝辭本來就喜歡她這一型的啊，那種女學霸。之前邱青青也是，結果還不是……」

後面的話沒再說下去，被好友拍了拍肩膀。

許呦面色平靜，好像沒聽到一樣，對她們點點頭示意，拿起自己忘記拿的書走了。

§ § §

門被敲響，外面有人低聲喊：

「阿辭，起來吃飯了。」

許呦跟著謝辭出去，外面一大群人氣氛熱烈，菜已上桌，不過還沒開始吃，都在等他們。

屋子裡很熱，謝辭把外套脫了，隨便扔在一邊的小沙發上。

「旁邊這個是辭哥女朋友吧？高幾的，怎麼好像沒怎麼見過呢？」

說話的是徐曉成女朋友，叫孫小雪。她高一在九班待過，後來高二轉到五班。不過因為徐曉成的關係，孫小雪平時都跟他出去玩，和他們那一群也認識不少，但是好像是頭一次看到許呦，有點陌生。

「我們班的，她上個學期剛轉來。」

「喔……叫什麼？」

「許呦。」

「哇，原來是她啊！」孫小雪反應過來。

那個從九月月考就開始空降排行榜前三的女生，在年級裡也算大名鼎鼎，就連老師有時候上課也會提起。

也不知道謝辭是怎麼追到這些心比天高的女學霸的，孫小雪內心腹誹。

「不過……」她撞了撞徐曉成的胳膊，壓低聲音：「你覺不覺得許呦和鄧穎長得好像？」

徐曉成在玩手遊，頭也不抬地說：「鄧穎是誰啊？」

他在專心玩遊戲，一時間沒控制好音量，有點大了。

「啊……什麼？」

鄧穎正在跟旁邊的人講話，被人撞了撞手臂。她嘴角帶笑，轉過頭來。

「叫妳呢。」有人說。

鄧穎是娃娃臉，齊劉海，皮膚很白，眼睛又圓又大。她抬頭，剛好對上謝辭掃過來的視線。

她怔了兩秒才反應過來，臉一紅，垂下眼咬著唇。

「沒事沒事。」孫小雪擠出一個笑容，在底下暗暗掐了掐徐曉成的大腿。

晚上幾個人喝了不少酒，多少有點醉了。謝辭不舒服，沒人灌他酒，就碰了一點點。

酒喝得差不多了就開始吃飯，順便聊起天來。

陳鏡時不時低頭玩手機。

「看什麼東西呢？」坐在他身邊的李傑毅問完，湊上來要搶。

「滾！」陳鏡反應快，往旁邊一躲。

可是李傑毅還是看到了，他狀似悠然地靠回座位，嘖嘖搖頭：「哎喲，和女朋友傳訊息啊？」

「怎麼？羨慕嫉妒恨？」

陳鏡把手機收起來，拿起筷子吃了點菜。吃了一點，他朝著不遠處的許呦說：「哈哈哈哈哈哈，英語課小老師，妳也在這裡啊。」

沒話找話。

「……啊。」許呦一臉茫然。

「我是你們班的啊！我們還坐同一組呢，妳就在我前面的前面。」陳鏡興致勃勃地繼續搭話。

許呦沒出聲，不過看樣子不認識他。

一旁的宋一帆笑罵：「陳鏡，你不臉紅啊？你買進去的能和人家比嗎？」

陳鏡無所謂地笑，「怎麼了，你有意見啊？」

「你這成績買去零班幹嘛啊？」

「為了女朋友？」有人打趣。

另一個人加了一句：「邱青青吧。」說完才意識到什麼似的，不由得瞥了一眼謝辭。

他像是沒聽到一樣，低聲對許呦說，「我要吃餃子。」

許呦幫他夾了一顆到碗裡。

陳鏡在旁邊翻了個白眼：「你神經病啊！是我爸非要把我弄進去，說薰陶情操，跟邱青青有什麼關係？」

李傑毅起鬨，鼓了鼓掌，「厲害厲害，陳少家裡有錢。」

幾個男生都刻意耍寶，逗得桌上女生都笑起來。

謝辭卻對他們無聊的對話興致缺缺，他坐在旁邊，懶得參與。

懶洋洋地不想動筷子，便戳了戳許呦的腰，低聲說：「餵我？」

許呦搖頭。她也是一直低頭安靜吃飯，和旁邊的熱鬧格格不入。

「怎麼了啊，不高興？」謝辭眉頭微皺，手肘撐在桌邊，湊到許呦臉龐看她的表情。

他喜歡在大庭廣眾下親密舉動，許呦卻不習慣。她往旁邊躲了躲，放下手裡的東西：「我去上個廁所。」

她走之後，謝辭的表情明顯沉了下來。

「阿辭啊，今天你和許呦怎麼感覺怪怪的？你們是不是吵架了？」

李傑毅實話實說，他看許呦吃飯的時候一直不怎麼說話，猜她是不是有點厭煩這種場合了。畢竟他們和她不是同種人，氣場實在是不搭，但許呦有一點和其他人不一樣，就是她挺純真的。是真的純真，也怪不得謝辭會栽在她身上。

李傑毅繼續和宋一帆有一搭沒一搭地對話，心裡卻默默地為好友感嘆。

女人要是狠心起來，能把喜歡她的男人玩死。

謝辭心情不佳，只要許呦一對他有點冷淡，他就整個人控制不住，很是煩躁。他不知道就這麼短的時間，許呦到底又怎麼了。

許呦上完廁所去洗手。溫熱的水流一遍遍沖刷手心，她接了一捧水，閉眼拍到臉上。

§　§　§

洗手間就她一個人，外面喧鬧的聲音隱隱約約傳來。

她看著鏡子裡的自己，臉色蒼白，黑黑的瞳仁很大，有水珠順著臉頰邊緣下滑，唉……

「怎麼去這麼久？」謝辭手搭在許呦椅子的椅背上，眼睛看著她，隨意丟一張牌出去。

許呦小聲回：「喔，我有點不舒服，你先玩，我去打個電話給我爸媽。」

他們剛剛已經吃完飯，徐曉成叫服務生過來把桌子收了，騰出地方打牌。

「出牌啊，別只顧著講話。」宋一帆催。

謝辭一邊答應，注意力全放到許呦身上。她從包包裡拿了手機，站到旁邊一個僻靜角落去打電話。

謝辭的眼睛一直往旁邊看，心不在焉地，然後他這局又輸了。

「不玩了。」他把牌一摔，淡淡地說。

陳鏡不懷好意地笑了一聲，「謝少今天有點背啊。」

「你們倆輸了怎麼辦？」徐曉成洗牌，閒閒地道，「老規矩還是？」

可憐的宋一帆和謝辭是對家，他憤憤地道：「阿辭現在越玩越爛，再也不想和他一組了。」

他們的老規矩是輸的兩個人抽兩張牌，黑桃K和紅桃K，抽到紅桃K的玩大冒險，有點類似國王遊戲。看這邊一局遊戲結束，旁邊有幾個人也湊了過來。

「來來來，來幾個女生一起玩。」陳鏡笑咪咪。

鄧穎好奇，墊著腳伸長脖子，「玩什麼？」

陳鏡攤著手說：「就喜歡妳這種耿直的學妹，來來來，抽一張。」

鄧穎看了看坐在最旁邊的謝辭，抿著唇，隨便抽出一張牌。

輪到宋一帆抽，徐曉成手指夾了兩張牌，「哪一張？左邊的還是右邊的？」

「右邊的。」

徐曉成把剩下左邊的一張牌給謝辭。

「好了，都知道自己是什麼牌了吧？」

陳鏡屁股往桌上一坐，下流地一笑，「鑒於阿辭是有家室的了，就不玩太過分的了，抽到黑桃K的男生公主抱抽到王的女生，繞著走一圈？」

沒人反駁。

有四個女生玩，鄧穎把牌第一個翻過來，身邊的人立即起鬨。

她抽到了王。

接著謝辭也把牌丟到一邊，聳聳肩，他抽的是黑桃K。

「——哇喔！！」

不知道是誰伸手把鄧穎推到謝辭身邊，她一個趔趄，滿臉羞紅。察覺到大家的目光都在她身上，鄧穎小聲地說：「我都可以的。」

鄧穎餘光看著謝辭，內心不知道有什麼感覺。她之前就聽好友說過謝辭，有好的也有不好的。知道他混，家裡有錢卻成績不好，換女友速度快。朋友提起的次數多了，她也不自覺地在意起來。其實，鄧穎之前也和他們出去玩過幾次，每次都只敢遠遠地看謝辭。他不是生性冷淡的人，卻總是給人一種不易接近的感覺。但是這個年紀的女生，卻莫名喜歡這種又壞又帥的男生，她也不例外。

尤其是今天看到他現任女友和自己這麼像，心裡一種酸澀的嫉妒感達到巔峰。

所有人把目光投到謝辭身上，他不說話，也沒拒絕，臉上掛著一點似笑非笑的笑容。

許呦剛打完電話走過來，就聽到一個人笑著說：「你們都別折騰阿辭了，上次就是要他當著邱青青的面親別人，把人家搞分手了，現在怎麼又來了？」

許呦大概猜到他們是在玩遊戲，而且謝辭輸了。

許呦站在人群外，頓住腳步。所有人的視線都在謝辭那裡，沒人注意她。她個子又矮，很容易淹沒在人群裡。

「來不來嘛！公主抱又不是什麼難事，人家女生都同意了。」前面有人開始催促。

許呦知趣地把手機收好，腳步輕輕，離開了房間。

徐曉成看謝辭的樣子，本來想說算了。結果鬧得現在所有人都在等，不好這麼掃興，於是就沒開口。

不過……起鬨的這群人都是傻子吧？不知道謝辭脾氣不好啊，還這樣鬧……

瞭解謝辭的人都知道，他雖然還笑著，不過……

宋一帆剛想說他來算了，就看到謝辭臉上的笑容一下子消失了。

樓下，許呦在寒風中，手裡握著手機。她圍好圍巾，傳了一條訊息給謝辭。

『謝辭，我要回去了。』

大年三十剛過，街上空蕩蕩的，大大小小的店都關門了，氣溫又低，冷清開敞。許呦繞了幾條街，隨便找了張長椅坐下來。

謝辭拿著手機，一遍遍地不知道撥誰的電話。

「怎麼了……辭哥還抱不抱啊？人家女孩等著呢。」有人依舊不識相，笑著催促了兩句。

「抱你媽啊！」謝辭把手機往旁邊一扔，突如其來地發火，把周圍的人都嚇了一跳。

他的臉色極差，搞得一些湊熱鬧的人不敢再說話，生怕觸到什麼雷區，撞到槍口上。

坐在桌上的宋一帆反應了一會兒，後知後覺地道：「對了，許呦去哪裡了？」

這個名字一說出口，就看到謝辭臉色又沉了幾分。

宋一帆立刻閉嘴，真是嚇死了，他不就隨口問了一句嗎……

於是眾人立馬懂了，原來是女朋友吃醋鬧彆扭啊。不過有人心裡是有些不屑的，因為其實在他們眼裡，許呦和邱青青沒什麼區別，所以他們理所當然地以為謝辭生氣，是因為許呦耍脾氣而不開心了。

「不會……是因為……」鄧穎嘴唇咬緊，眼睛低垂，模樣有些自責。

謝辭的眼睛剛掃過來，立馬有人攬上鄧穎的肩膀，小聲安慰道：「沒事的，和妳有什麼關係，是辭哥女朋友太玩不起了……」

鄧穎著急解釋：「別這麼說，許呦學姊她成績那麼好，又是衝刺班的，不想和我們一起玩很正常。」

說完她看了謝辭一眼，發現他正在看她。他的目光無波無瀾，就是那麼靜靜地盯著她，莫名搞得她有點心慌。

「學長……你別為許呦學姊生氣了。」鄧穎猶豫了一會兒，還是出聲安慰。

謝辭一直垂著眼簾，聽到這句話後，視線又移到她臉上。他問：「妳是誰啊？」

鄧穎十指絞緊，臉上的紅暈退去，變得蒼白無比。她還在恍神，就聽到他不耐煩的聲音：「能不能給我滾遠一點？」

房間裡剩下的人面面相覷，也不知道鄧穎怎麼了，就把謝辭惹成這樣。雖然他平時懶得應付一些女生，但是通常也不會朝她們發火，頂多就是愛答不理。這樣大庭廣眾之下讓一個女生下不了台，這還是頭一回……

李傑毅心想，鄧穎這小女孩實在不會看人臉色。這種時候連他們都不敢說什麼了，她還在謝辭面前提許呦。

太笨了……

李傑毅撇了撇嘴，不得不咳兩聲出來打圓場，「行了行了，這什麼破遊戲，別玩了……」

說完他小心翼翼地看了謝辭一眼，試探性地問：「要不然，你去把嫂子追回來，我們向她道個歉？」

徐曉成也附和，裝模作假地搧了自己的臉一下，「哎喲喲，你看這鬧得……是我的錯，我的錯。」

看著平時和謝辭最要好的幾個人都在這麼說，其他人再怎麼遲鈍也懂了，而且看謝辭的態度，明顯就是很在乎現在那個女朋友。然後大家都七嘴八舌地說起來，紛紛附和。

「辭哥別氣，等等和女朋友好好解釋解釋。」

「對啊，一個遊戲嘛，不需要鬧得這麼嚴重。」

就在謝辭一言不發，拿了旁邊的外套穿上準備走的時候，握在手裡的手機突然響了。

他看到來電顯示，腳步一頓。

「喂。」謝辭立刻接起來。

許呦那邊似乎有風聲，她聲音小小的，『謝辭？』

「妳剛剛幹嘛掛我電話？」

她那邊安靜了很久才道：『因為剛剛，我不是很想跟你說話。』

謝辭一動也不動。宋一帆看他眉頭又擰起來，心裡不由得一緊。

『遊戲玩完了嗎？』許呦的聲音淡淡的。

謝辭目不轉睛地盯著徐曉成，剛想解釋又遲疑片刻，話到嘴邊又只說成：「我沒玩。」

『那你想玩嗎？』她反問。

「……」

『謝辭？』

「嗯……」

徐曉成一開始被謝辭看得心裡發慌，等過了幾分鐘，他才發現謝辭壓根不是在看自己，而是朝著這個方向發呆而已，人已經神遊天外。

街角有幾個小孩嬉鬧著跑過，紅燈變成綠燈。一輛輛車子亮著燈，從遠處駛到面前，再離開。

許呦坐著覺得冷，索性就站起來，「你在聽嗎？」

她問。

那邊答得很快：『在。』

「好……」

許呦站定，眼睛看向別處，頓了一會兒才說：

「其實我走的時候，心裡很生氣。」

「不過我不是要跟你鬧。剛剛到街上走了一會兒，吹了一會兒風，把情緒冷靜下來，才決定打這通電話給你。」

「你先別說話，聽我說完。」

「其實我知道，你和我之間有很多不一樣的地方。你的朋友很多，你們玩的遊戲我從來沒有玩過，我也不懂。和你在一起之後，我總是不知道怎麼做比較好。之前聽別人說，你有過很多女朋友，也有很多比我優秀的女生，但是你們還是分手了。我不知道你喜歡我，是因為一時的興趣還是什麼，但是我是一個認真的人，我答應跟你在一起……」

宋一帆看謝辭在旁邊笑得詭異，眼角眉梢全部舒展開來，眼睛裡的笑意怎麼也止不住。那瞬間柔和下來的表情，和剛剛發火的樣子完全判若兩人。

徐曉成猜到是誰打來的電話，他在這邊大聲地插嘴說：「嫂子，妳別氣啊，辭哥說要跪著為妳唱 Rap。」

「跪著唱征服也行啊。」宋一帆附和。

兩個人笑起來，不過謝辭漸漸收了笑容。謝辭皺著眉，倏地撥開面前的人，邊往門口走邊道：「等等，妳先別說了，我去找妳，我們當面說行不行?求妳了，我不想在電話裡說……」

他一直都很受女生愛慕，脾氣桀驁，學不會討好任何人。現在語氣和姿態放得這麼低，著實讓身邊的人大跌眼鏡。

一眾人豎著耳朵聽八卦，不過沒能聽多久，主角就出去了。

幾個人大眼瞪小眼，默默無言。

陳鏡作為罪魁禍首，等謝辭走了才敢出聲。他咽了口口水，遲疑道：「你說……我剛剛是不是做錯事了？」

宋一帆抬頭看了他一眼，涼涼地道：「我建議你去醫院看看腦科。」

「天啊，我哪知道阿辭對許呦這麼認真……」

陳鏡無辜地攤手，「而且阿辭又不是玩不起的人，我就以為……」

李傑毅上完廁所出來，發現謝辭人都走了。他四處張望，「阿辭怎麼突然走了？等等不去打撞球了？」

「還打什麼球啊，謝少追女朋友去了。」徐曉成解釋。

聽他們說了一會兒，有個女生忍不住八卦的心，好奇地問了一句：「辭哥他……是不是很喜歡剛剛走了的那個女生啊？」

「許呦？」

「嗯……」

「我靠，何止是喜歡。」

「我簡直要懷疑許呦給阿辭下了降頭，讓他整個人都中了邪似的。」

宋一帆氣得很，早就想吐槽了，「你們剛剛一群人還那麼起鬨，把許呦氣走了……我真害怕謝辭翻桌呢，幸好許呦打了通電話給他。」

「之前沈佳宜不也是嗎……阿辭都沒怎麼樣。」另外一個人道。

「那一樣嗎？」

「以前那些，哪個不是喜歡不停打電話給謝辭的。就連邱青青這種女生都不例外，動不動就查勤。謝辭跟我們在外面玩，一般都懶得接電話，直接看一眼就放旁邊。哪像許呦……謝辭真是恨不得隨時隨地黏著人家，還喜歡動不動跑去人家住的地方守著，跟變態似的。你們不知道有時候我們在外面一起吃飯，吃著吃著，估計是許呦回訊息回得有點慢了，謝辭就拿著電話一頓狂打……」

搞得宋一帆他們覺得謝辭像個深閨怨婦，宋一帆翻了個白眼，補了一句：「跟你們說，以後出來玩，別在謝辭跟前惹許呦，長點心吧。」

§ § §

「妳在哪裡？我去找妳。」謝辭一路跑到樓下，下來得急，他連外套都來不及穿，身上就一件單薄的羊毛衫。

許呦默默不語，安靜了一會兒。

『你別激動。』她吸了吸鼻子，整理情緒，『我剛剛跟你說那麼多……』

謝辭激動地打斷她：「許呦，我跟妳說過很多遍了，我對誰都沒興趣，我也沒和女的攪和在一起……我剛剛根本不打算抱那個女的，然後妳就走了！好，我這次真的知道錯了行不行？不該在妳面前和別人……真的，妳別對我說那種話……」

他劈哩啪啦說完一堆話，其實連謝辭自己都沒意識到，他所有做給她看的漫不經心和冷漠，骨子裡都是赤裸裸的熱情，和希望引起她注意的幼稚渴望。

『你喜歡我嗎？』許呦的聲音很冷靜。

「廢話啊，我不喜歡還追妳那麼久，我有毛病啊？」

『那你有多喜歡？』

他像是被噎住。

她繼續問：『我和你以前的女朋友有差別嗎？』

『邱青青、陳晶倚……』許呦一個個報名字，『我和她們有區別嗎？是不是等你沒興趣了，我也會像你所有的前女友一樣？』

『謝辭……我跟你玩不起，也許我的措辭有點問題……可是我真的不敢，我父母對我期望很高，我不能因為你，然後拋棄很多自己必須要去做的事情……』

『我也是個正常女孩，我會生氣，我會吃醋，我會難過，我沒有你想像的那麼好，然後你慢慢就會發現，我和你以前的女朋友其實沒有差別……』

她的聲音斷斷續續，像壓抑著什麼感情才能繼續說下去，『對不起，你讓我想一想……』

但聽到這些話，謝辭急了，腦子都快爆炸了，「許呦，妳到底在哪裡？我去找妳好不好？」

『我不知道……』

許呦也不知道事情為什麼會變成這樣，一開始她只想心平氣和地和他談一談，可情緒越來越不受控制。又也許她其實一直很介意，很害怕，那些埋藏在心底的不安，全部都在這時爆發。

「你別來找我。」許呦蹲在地上，臉埋在圍巾裡，細細輕輕地道：「謝辭，你聽我說完好不好？」

『不好，我不想聽，妳說的那些我都不想聽。』他的聲音有點委屈。

許呦咬緊牙，胃疼得難受。

「我知道我改變不了任何人，包括你。所以我能選擇的就是接受你，或離開你……」

『不行！我不同意分手！妳想都別想！！』

許呦聽到電話裡傳來謝辭的吼聲，可是她已經沒力氣再繼續說下去，直接掛斷電話，冷汗從額頭上冒出來。

天已經黑透，許呦在陌生的街上蹲了很久，腦子裡不停嗡嗚。手機不知疲倦地震動著，她卻始終沒有接，連來電顯示都沒力氣看。

直到最後，腳麻了，胃的疼痛感終於減輕一點。

「妹妹，妳沒事吧？」許呦抬頭，看到是個戴口罩的年輕女子。她有點擔心地彎下腰詢問：「我看妳一個人在這裡蹲很久了……」

許呦一怔，極力地想表現自然，擺了擺手，對那人說：「我沒事……」

她臉色蒼白虛弱，一連咳嗽了幾聲。

年輕的女子忍不住上前扶她，「妳看起來不是很好，需不需要去醫院看看之類的？」

「不用了……」

許呦的手機又響了，是謝辭打來的。她輕嘆了一口氣，隨手按掉。

不是故意不理他，而是她知道自己現在情緒有些失控。感性占上風的時候，繼續吵下去只會傷害對方。

「謝謝妳。」許呦站穩後，不好意思地道了謝。

「謝什麼啊，舉手之勞而已嘛。」年輕女子心地善良，陪許呦在路邊攔計程車，看她坐上車了才離去。

到了家。客廳和廚房的燈開著，許爸爸正坐在沙發上看一份報紙。他聽到動靜，抬頭朝剛進門的許呦看了一眼。

「爸。」

許呦換好鞋，走近幾步。

許爸爸拿起放在一邊的遙控器，把電視音量轉小，隨口問：「和同學去哪裡了？玩了一天，剛剛打電話給妳也不接。」

「剛剛我沒看手機，沒去哪裡玩，吃了飯就回來了。」

許爸爸沉默兩三秒，把手裡的報紙放下，「妳過來，我有點事情要跟妳說。」

許呦點點頭，精神不濟地把包包放下，走過去。

「妳最近的狀態有點不好。」

她有些懵，就聽到許爸爸說：「妳老實跟我講，是不是還在想物理競賽的事情？」

「……」

「沒有……」許呦喃喃回了句。

「沒有？！」許爸爸拔高音量，有些激動地從旁邊摔了本書出來，一聲呵斥：「我買給妳的資料，妳說沒時間寫，結果呢？把妳那些物理習題全部做完了，妳哪來那麼多時間？都跟妳說了競賽不是出路，妳又沒接受過什麼訓練，你們學校也沒有組織去外面培訓，妳怎麼還這麼倔，是不是腦袋壞了？！」

「妳看妳哥哥的教訓還不夠嗎？！荒廢了一年又一年，還不是沒搞出什麼名堂來，人家還有正規訓練呢，妳就靠一個人自學，能成什麼氣候！」

「女孩子的青春哪這麼容易浪費。妳說妳，去年暑假我同意妳報物理競賽吧，結果妳初試就被刷了下來。我知道妳那時候是發燒了，發揮不穩定，但是這個也不是藉口，知道嗎？如果妳高三還出現這種情況該怎麼辦？競賽和高考不一樣，妳怎麼還不死心……馬上就是最重要的關頭了，妳現在還分心去搞什麼競賽，高考要是因為這樣考不好，妳難道要重讀嗎？」

許呦知道父親的期許和擔憂，找不出話反駁，索性就不發一語。許呦的表哥也是學競賽的，只不過高三最後一年還是失利，沒有保送成功，高考也受了影響，最後表哥不想重讀，將就地去了一所普通的二一一大學[2]。

「怎麼了？怎麼了？」

陳秀雲聽到動靜，從廚房裡出來。看到許呦在挨罵，她心裡一急，快步上前，把許呦扯到身後，「怎麼又在罵孩子……」

「妳自己問她！」許爸爸餘怒未消。

陳秀雲將目光轉到低著頭的許呦身上，她一動不動地靜默著，一句話也不說，眼簾垂了下去。

「怎麼回事？」

許呦抿緊嘴唇。

「妳說話啊，想把媽媽急死嗎？」

許呦張了張嘴，剛想說話，眼淚就掉下來。她用手背去擦，還是止不住。

看她這副模樣，兩個大人於心不忍。僵持了良久，許爸爸消了點氣，他重重嘆息，語氣沉重：「不是爸爸逼妳，我們全家的希望都在妳身上，我和妳媽媽只有妳這個女兒，辛辛苦苦把妳養大。妳學業成績好，不要在這麼重要的時間浪費在沒有意義的事情上，妳以後後悔都來不及……」

「算了算了，我今天也不念妳了，回去好好想一想吧，今天早點洗了睡覺吧。」

陳秀雲喊住她，「還吃點東西嗎？媽媽下了麵。」

許呦搖頭。

洗完澡，她靠在床上，發呆一會兒。覺得坐著太冷，乾脆把衣服脫了，鑽到被窩裡。

被子裡也不暖和，只覺得手腳冰涼。恍著神，不知道為什麼想起謝辭。和一個人相處久了，就會太依賴，也會習慣性思念。

他總是穿得少，身上卻溫暖乾燥，不像自己，冷得像冰一樣。於是每次兩個人在外面，他都會習慣性地把她的手握住，放到口袋裡。

手機放在枕邊，震了又震。

這次不是電話，是訊息。輕微的叮咚聲，連續不斷，響徹在房間裡。

最後一條訊息，比前面的都長。許呦拿起來看。

『能不能接我電話？訊息能不能看兩眼？……許呦我真的怕妳了，怎麼有人對待感情比我還不認真啊？說分手就分手……』

看到這裡，她沒繼續往下看了。

床頭暈黃的燈還亮著，許呦伸手將它摁滅，房間陡然陷入黑暗。

她拿起手機，翻了個身，摸索著撥出一個號碼，嘟嘟兩聲。

『許呦，我在妳家樓下站了兩個小時，終於肯理我了，我正準備傳一封絕交信給妳呢。』他的語氣有委屈還有憤怒。

「……」

『聽得到我說話嗎？』

「你說。」

『下來嗎？妳下來吧。』

謝辭語速很快，連問了兩遍。

許呦沒出聲。

『你們社區的警衛伯伯都快認識我了……』

「謝辭，你感冒了，快點回去吧。」她開口，聲音很輕。

他沉默一會兒，似乎是認了，『妳說吧，到底要我怎麼樣才行？我真的不行了。』

「……」

『妳是不是要跟我分手啊？』

「沒有。」

『喔……』

那邊有打火機輕微的磕碰聲。

謝辭又在抽菸。

『妳不喜歡我朋友？』他問。

許呦緊緊攥住手機，手都在顫，「不是的，我和你的問題，不是這個。」

『什麼問題？那妳是不喜歡我咯？』

他「喔」了一聲，『我換個說法。』

『妳是不是瞧不起我，還有我朋友？嫌我們成績不好，覺得我們生活奢靡，趣味低俗。整天只會吃喝玩樂，打架鬧事，是這樣吧？反正你們都是這樣想的對吧？』

謝辭聲音少有的冷漠。

許呦一下沒撐住，咬著唇，眼淚浸濕枕頭。

電話裡長久的安靜，安靜到似乎只有呼呼的風聲。幾分鐘的時間，卻比幾小時漫長。

『好，我知道了。』他說完就把電話掛了。

晚上睡得並不踏實，許呦作了夢。夢裡她好像走了很遠的路，滿眼都是凌亂的光在往後退。

謝辭有時候陪著她走，有時候卻消失不見，她看著他走遠，最後消失在一片黑暗裡。

醒過來的時候，許呦摸起手機看了一下時間，凌晨四點。她躺在床上，眼睛看著天花板，也睡不著了。下床，掀開窗簾往外看，夜裡白茫茫一片，反著光。

又下雪了。

2 二一一大學：1990年代中期，中國為了「面向21世紀，打算重點建設約一百所的大學」，遂從各地挑選約一百所大學列為國家的培育重點，優先給予補助經費，目的是為了迎接世界的新技術潮流。

第十四章

生死疲勞，從貪欲起，少欲無為，身心自在，

而他的心，早就不在。

從那晚以後，謝辭沒有再主動找過她。雖然誰也沒說分手，可兩人算是陷入了冷戰。寒假的最後一點時間在許呦的筆尖下緩緩流逝，沒多久就開學了。

不知道誰第一個傳的八卦，高二的那個謝辭，居然被人甩了。

消息越傳越遠，最後傳到本人耳裡。

體育課，謝辭和宋一帆幾個人坐在乒乓球桌上抽菸。有人說起這件事，好笑道：「謝少，還行不行啊？這段時間怎麼都在說……」

「滾。」謝辭坐在乒乓球桌上，神色很淡，明顯不想和那個人開這種玩笑。

只有宋一帆知道，謝辭的內心，其實沒有表面那麼平靜。

自從寒假和許呦鬧彆扭以後，到現在快兩個月，和謝辭很要好的一些人都知道他養成了一個習慣——不論去哪裡，上廁所也好，打籃球也好，放學上學，他都一定要繞到二樓中間的樓梯走一遭。因為什麼大家也都心知肚明，所以宋一帆從來不敢在謝辭面前主動提到許呦的名字，生怕再戳他的傷口。

宋一帆不停跟那個男生使眼色，搞得眼角都快抽筋的時候，那個男生終於意識到不太對勁，閉上了嘴。

謝辭從球桌上跳下來。

「去哪裡啊，阿辭？」宋一帆對他走遠的背影喊。

待謝辭頭也不回地走了後，那個男生才敢開口，小心翼翼地問：「我是不是惹到辭哥驕傲的自尊了？」

「沒有。」宋一帆瞥他一眼，「你只是惹到他敏感又脆弱的少男心了。」

§　§　§

謝辭指尖夾著菸，抬眼看不遠處。發呆了兩三秒，旁邊有輕輕的腳步聲，他轉頭。

鄧穎從樹後面走出來，她不敢太靠近他，在幾公尺遠就停住了腳步。

看到她的臉，他先是愣了一秒，隨即反應過來，移開視線，沒說話，或者是懶得說話。

於是鄧穎又往前走了兩步，遲疑道：「學長，你一個人嗎？」

頓了頓，她補充道：「少抽點菸吧，對身體不好。」

謝辭看了她半晌，淡淡地問：「妳管我幹什麼，想跟我談戀愛啊？」

鄧穎臉紅了，沒說話。憋了半天，她開口：「不是……我就是聽你朋友說，前段時間你和許呦學姊分手後，經常喝酒到深更半夜，這樣太傷身體了……」

「誰說我們分手了？」

「……」

鄧穎有些失落地笑了笑，她咬了咬唇，鼓起勇氣說：「學長，能不能給我一個機會？」

沒等謝辭開口，她很快地說：「我想和你在一起，然後照顧你，許呦學姊可以的，我也可以，我真的不想再讓你這樣傷害自己了。」

「其實……我從之前就很喜歡你，只是知道你已經有學姊了，我不好打擾，可是她現在不懂得珍惜……」

他似笑非笑地反問，「她可以的……妳也可以？」

鄧穎一愣。

「拿妳和許呦比，妳以為妳是誰？」謝辭目光冷漠，熄了菸，越過她直接走了。

鄧穎眼眶都紅了。她背對著他，大聲說：「謝辭，我是真的喜歡你——」

謝辭的腳步都沒有頓一下。

剛從學校出來，謝辭就接到曾麒麟的電話。

他不想接，直接掛了，結果走了幾步還是被曾麒麟逮住。

「我的電話你都不接了？」曾麒麟一把摟住他的脖子。謝辭掙扎，眉頭皺起，煩躁地嘖了一聲，「別鬧。」

正是下午放學的時候，來來往往都是學生，時不時對他們投來打量的目光。

「晚上別上晚自習了，跟我出去走走。」

曾麒麟的話不容拒絕。

謝辭蹲在路邊，街上車水馬龍，看著人在車間穿梭。

曾麒麟抱著手臂，靠著路燈。看謝辭又開始發呆了，曾麒麟一腳踹上他的屁股，「你這樣不行知不知道？」

以前謝辭雖然混，但至少還有點青少年的活力，現在完全是一點生機都沒有。

「宋一帆跟我說，你被人甩了？」

謝辭一聽到這句話終於有了一點反應，「誰他媽亂傳啊？還沒分呢。」

「呵呵。」曾麒麟氣笑了，「你真的認定了？」

謝辭不說話。

「我還以為人家這樣對你，鐵定已經完蛋了，沒想到都這樣了還能堅持，不容易啊。」曾麒麟半開玩笑。

「哥，我真的喜歡她。」

曾麒麟收起笑容。隔了半天，他表情淡淡地問：「謝辭，你是不是傻啊？為什麼要在這種年紀對一個女生認真？」

「而且，她跟我們不是同種人，妳懂嗎？」

謝辭和他對視許久，一動不動。然後，他調開視線，望向別處。

「那我就到她的路上去。」

沒過幾天，全學年舉辦籃球比賽。

謝辭自從和許呦分手後，整個人都變得怪怪的。每次有什麼活動叫他，他都懶得參與。

別的也就算了，宋一帆覺得最過分的是，謝辭連打籃球都興致缺缺，就好比現在。

宋一帆敲謝辭桌子，「阿辭，打不打籃球啊？我們班下午有比賽。」

「不去。」謝辭連頭都懶得抬，把桌上的書翻過一頁。

宋一帆忍了一下，還是說：「不是，你看得懂這本書嗎？辭哥……」

謝辭抬頭瞥了他一眼，「能不能滾遠一點？」

「咳咳。」宋一帆的表情玩味，又問了一次，「比賽馬上開始了，你真的不去啊？兄弟，最後一次提醒你，我們班抽籤和理一班抽到一組了。」

謝辭一愣。

「零班？」他問。

宋一帆挑眉，「理・一・班，你說呢？」

謝辭還沒說話，宋一帆看他表情，繼續說：「聽說體育老師拉著理科班幾個女生去計分了。」

§　§　§

籃球場。

很久沒出現在眾人視線裡的謝辭突然現身籃球場，許多人都沒反應過來。

謝辭穿著白色球衣，戴上護腕。場上有人吹了一聲口哨，把球扔給他。

文一班的女生都沸騰了，加油的尖叫聲此起彼伏。

許呦和另一個女生站在計分牌旁邊，紅色方是文一，黑色方是理一。

許呦看著場上奔跑的一群人，旁邊的女生小聲地跟她吐槽：「我們班男生好垃圾啊……」

許呦垂下眼睫，不知道在想什麼，心不在焉地把紅色的牌子又翻過一頁。

那個女生繼續道：「文科班男生好高啊，有幾個長得好帥……不過肯定有女朋友了。」

最後在比賽結束的口哨吹響前，謝辭在三分線外拋投，籃球在空中劃過一個半弧，唰地一下，正中籃框。

全場掀起高潮，文一以壓倒性的高分贏了。

謝辭大汗淋漓，掀起衣服下襬擦汗。早已有按耐不住的女生衝過來，遞水給他。

他沒接，眼睛像是在四處尋找著什麼。

宋一帆笑著過來摟住他的肩道：「怎麼樣，哥兒們？上場秀了兩把，感覺不錯吧？」

許呦默默整理完計分的東西，交給體育老師後，拿上包包就走了。

謝辭終於找到那個瘦弱的背影，正一個人往籃球場外走。

「噯，」謝辭用手肘碰了碰宋一帆，低聲說：「把校服拿過來給我。」

§ § §

「——許呦！」

聽到熟悉的聲音，許呦停下了腳步。

謝辭還穿著黑色的運動短褲，露出小腿。他跑上前兩步，拉住她的手腕，氣喘吁吁的。

兩個人相顧無言，謝辭先開口說：「能和好嗎？」

見她沒反應，謝辭頓了一下，認真地看著她說：「冷戰可以，分手我死都不會同意的。」

許呦說：「我沒想分手。」

這回輪到謝辭說不出話來，他本來準備了很多話，現在卻一句都說不出來了，一種難以言表的情緒在胸口化開。

許呦退後兩步，打量他，嘴角微微地抿起，「你穿校服……」

謝辭臉紅了，激烈運動後的汗水還在順著臉龐流下。他結結巴巴地問：「很奇怪嗎？」

他肩線流暢，雙肩順著襯衣的側縫延伸，沒有款式的簡單校服也能被他穿得特別好看。

「沒有，很帥。」

許呦笑了。

她只是從來沒想過，他會聽話地穿上校服。

對視了一會兒，許呦靜靜地問謝辭看什麼。她微微仰著頭，下巴到頸項的線條柔和而纖瘦。

他就這麼看著她，眼神忽閃，像極了枯木逢春，甜蜜的泉水從乾涸的土地裡洶湧而出。

「能抱一下嗎？」

說完謝辭就偏頭，不自然地咳了一聲，聲音低得像幾乎沒說一樣。

不知道是不是沒聽到，許呦沒說好也沒說不好。

忍耐兩三秒，終究忍不住。也沒等許呦同意，謝辭往前走了兩步，直接伸出雙臂把她摟進懷裡。

她沒反抗，他就越纏越緊，繃緊身體，生怕許呦跑掉一樣，一副恨不得把人嵌進身體的模樣。

許呦呆立在原地，下巴撞上他的肩膀，不知該作何反應。

這是個無人的角落，旁邊有高大錯落的樹木掩映，風吹過來，帶起樹葉簌簌地響。

兩人貼得近，謝辭的校服應該是剛剛洗過。有肥皂的清香，似有若無的很好聞。

眨了眨眼，許呦回過神，平靜地垂下眼睫。自然垂落在身側的雙手猶豫地抬了抬，又放下。

最後還是慢慢地回抱住謝辭，在他背上試探性地拍了拍。

「你沒事吧？」

「謝辭？」

「……妳別叫我。」

他的聲音裡居然有點委屈，啞啞地：「我要多抱一會兒。」

許呦：「……」

他們冷戰了多久，他就有多久沒有像這樣切實地感受過把她緊緊圈在懷裡的滋味。他垂下眼，偷偷看許呦的頭頂，又怕被發現。心裡明明好開心，又有點說不清道不明的委屈，酸酸地。

謝辭咽了口氣，輕聲問，又像是自言自語：「沒有我纏著妳的日子，過得挺開心的吧？」

這句話說得莫名其妙，她的指尖掐進了手掌心。

「許呦，都是我不好。」他也像是意識到自己說錯話似的，立馬道歉。

「謝辭，你怎麼了？」她的聲音很輕，彷彿只是一聲喟嘆，隨時都能消散。

謝辭將頭埋入她的肩頸，「沒什麼……」

「我以後不跟妳生氣了，妳也別不理我行不行……許呦，我會變好的。」

謝辭故意冷淡對她，不去見她，以為這樣自己就會好過一點。他從小到大被身邊的女孩子寵慣了，在感情上很是嬌氣。所以在許呦那裡摔了一跤，謝辭的第一反應就是逃避。那個冷清的冬夜裡，僅剩的一點驕傲和自尊讓他喪失勇氣，難受地掛斷了許呦的電話。

從那以後，謝辭感覺自己整個人都壞掉了，無數個深夜拿著手機，編輯了數不清版本的「絕交信」，到最後都無法發出去。

實在狠不下心和許呦說分手，寧願放棄自己，都不願意對她說這兩個字。

在學校裡，謝辭曾經無數次想偶遇她，或者要幹些什麼引起她的注意。

謝辭甚至一天能經過她們班門口好幾次，來回徘徊。可是許呦永遠是一副平靜的樣子，有時候在寫作業，有時候她坐在位置上和旁邊的同學聊天，根本沒看到窗外經過的他。她偶爾會笑，嘴角那淺淺的弧度在謝辭看來卻無比扎心，甚至燃起一團無名火。

許呦憑什麼能笑？許呦為什麼那麼開心？難道她不難受嗎？

是不是根本不在乎，所以才會這麼開心？為什麼痛苦的只有自己？

人的感情真的是很奇妙的東西。也許上一秒還在不知道和誰較勁不服輸，不論怎麼鬧就是不願意先低頭，但是下一秒，緊繃的心一鬆，提的一口氣一洩，一切都會潰不成軍，就算主動認錯，主動道歉也沒關係。

因為謝辭發現，自己就算死咬著牙關，還是很想許呦，被折磨的其實一直都只是自己。

曾經，他以為主導權一直掌握在自己手裡，後來才恍然大悟，不得不認清現實。

生死疲勞，從貪欲起，少欲無為，身心自在。而他的心，早就不在。

§　§　§

宋一帆等人親眼看見謝辭纏著許呦，把她送回班上。

徐曉成猜他們和好了，和宋一帆勾肩搭背，嘆了口氣，「你看阿辭那樣，又蕩漾起來了。」

宋一帆也感嘆，「挺好的，不過我真沒想到他們還能和好，第一次見到一個女生能把謝辭治得服服貼貼，不服都不行啊……」

接下來幾天，班上的人都明顯感覺到圍繞在謝辭周遭的低氣壓莫名其妙地煙消雲散了，連老師都覺得奇怪。

過幾天又是月考，文科班老師發了一疊資料下去，課上不是背書就是自習。宋一帆他們哪是閒得住的人，看謝辭終於恢復正常了，就準備叫他下午一起出去玩，熱鬧熱鬧，哪知道謝辭壓根不理。

「去不去啊？」

宋一帆本來興奮地叫他，結果謝辭老是不理，不由得急了，把謝辭正在看的考卷一把壓住，「看書看傻了？」

「煩不煩？」謝辭把他的手撥開，連眼睛都懶得抬，「喊我幹什麼？」

「打撞球啊，好久沒出去……」

「不去。」話都沒說完，就被謝辭一口否決。

接著宋一帆又一連提了好幾個玩的地方，統統都被謝辭拒絕。

宋一帆一噎，心裡氣，「嘿！我說你……」

「能不能別吵？」謝辭就像長在椅子上了，一下都不動，面前有幾本書攤在桌上，「自己滾去玩，別找我，我沒空。」

徐曉成本來在看遊戲快報，他抖了一身的雞皮疙瘩，轉過頭：「你可別告訴我你要讀書。」

宋一帆不依不饒：「那你說你要幹什麼？日理萬機啊？再說了，人家許呦要上課，你又沒辦法找她。」

「滾。」

「我就不滾，你先答應我，我不能讓我兄弟被課本荼毒了思想，變成迂腐的書呆子。」

謝辭涼涼地瞥了他一眼，說：「能不能有點理想啊，宋一帆？馬上就月考了，你叨念什麼？

別打擾老子看書。」

旁邊的人忍不住噴笑。

宋一帆壯著膽子，忍不住嗆他：「看書？！不是，我說兄弟，你指望什麼呢？看得懂嗎？別勉強自己行不行？你該不是打算一躍而起，追上許呦吧？我們別作夢了吧？！」

「滾！」謝辭惱羞成怒，抄起一本書砸在宋一帆額頭上，順便踹了他一腳，「你欠揍？」

「哈哈哈哈哈，我錯了、錯了，別打。」

講臺上傳來老師憤怒的拍桌聲，「宋一帆！！注意上課紀律！！你又離開座位幹嘛？快點給我回座位！」

前面有女生聞聲轉過去，只看到宋一帆尷尬地半蹲在走道的地上，旁邊的謝辭手撐著腦袋，一副事不關己的模樣。

§ § §

晚自習結束後，許呦把桌上的化學測驗卷交給小組長。

剛剛考的考卷有些難，讓她寫得滿頭是汗。現在身上熱，許呦就穿著一件簡單的白色短袖。她三兩下把東西收拾好，才準備提上書包走人。

旁邊的沈陽拿著紙筆湊過來，「噯，許呦，問妳一道剛剛的題目。」

「化學考試的嗎？」許呦停下動作。

沈陽點頭。

她把書包揹上，不好意思地說：「對不起啊，我今天趕著回家，老師明天上課應該會講，你到時候可以聽……」

「喔……那好吧。」沈陽抿唇，「再見，回家小心點。」

許呦嗯了一聲。

樓梯間的聲控燈壞了，一片黑漆漆的看不清楚。這時正是下課人流的高峰期，許呦被旁邊的人擠著，只覺得快要不能呼吸。

握著扶手，好不容易走到了一樓。

走廊盡頭的轉角處，謝辭靠在牆壁上，百無聊賴地等許呦下課。

終於看到許呦從身邊走過，他眼睛一亮，三兩步追上去，一把扯住她的手臂，「沒看到我？」

「啊？」許呦停下腳步，瞇了瞇眼，「太黑了，我看不清楚。」

回家路上。

走過一個十字路口，旁邊有顆古老巨大的梧桐樹，枝葉繁密，旁邊路燈有昏黃的燈光投射下來。

被旁邊的人看得不自在，許呦停了腳步，對謝辭說：「你快回家吧，時間不早了。」

「這才幾點？」

「……」

謝辭說：「我這幾天有在認真看書。」

「真的啊？」許呦抿著唇，發自內心道：「挺好的，看懂了嗎？」

「沒有。」

「……」

半晌，許呦忍不住笑出來。她轉頭看他，打量謝辭的表情，認真地安慰道：「沒關係，慢慢來。」

「我好好讀書了，有沒有一點獎勵嗎……」

「你想要什麼獎勵？」

謝辭沒接話，目光停頓了一會兒。不過他的眼神，變得有點……

許呦意識到不對勁，抽出自己被他拉住的手，加快腳步往前。

「噯，等等啊。」謝辭在後頭喊，快步上前攔住她的去路，然後把人扯到旁邊深長漆黑的巷子裡。

「你幹嘛啊？」許呦揹著書包，被人按在身後的牆壁上，她的頭被迫仰起來。

謝辭伸出一隻手固定住她的腦袋，另一隻手撐在牆上，俯下身深深地吻上去。

膠著半天，他偏過頭，退開一點喘氣。

許呦踮起腳，摟上謝辭的脖子，輕輕啄了他的臉頰一下。謝辭猝不及防，腦袋轟地一下像炸開了煙火。

「給你的獎勵，快點回家。」她輕聲在他耳邊說。

謝辭呆愣著。頓了頓，又低頭看了看許呦。

她一隻手滑下去，插入他十指間，緊緊扣住。

「你傻了啊？」

許呦牽著他，準備走出小巷子，剛邁出腳步。

「等等……」謝辭回過神，身形微動，拉住許呦。他強裝淡定，話說出口卻結結巴巴，「妳、我、妳……」

「幹什麼？」

「就是……」謝辭呆呆地抬手，摸了摸被她親的臉頰，「妳怎麼就親一邊？感覺不對稱。」

「……噗！」

許呦覺得他這麼傻的模樣實在很可愛，破天荒地心生逗弄之意。她唇角不覺笑意漸深，鬆開他的手，小聲說：「好啊，那你湊過來一點。」

謝辭立刻彎下腰，把眼睛閉上。他睫毛微顫，聽話地等著。過了幾秒，一點反應都沒有。正等得有些不耐，他的鼻尖就聞到一點熟悉清淡的花香味，右臉被濕濕熱熱的唇輕輕貼上。

一顆心在胸膛裡怦通怦通亂跳，連黑暗的顏色都是甜蜜的。

許呦失笑，退後兩步，「謝辭，再見。」

謝辭把眼睛打開一條縫，等他徹底回神，許呦早已經不見了蹤影。回去路上，他大腦暈乎乎的，簡直都快沒了心魂，好幾次找不到方向。

回到家，謝辭哼著歌，隨手把鑰匙丟到一邊。

客廳的燈開著，他動作一頓，換好鞋走進去，看到曾麒麟橫躺在沙發上，手撐著頭看電視。電視機裡在播足球比賽。謝辭彎腰，隨手拎起一瓶冰的礦泉水，擰開瓶蓋，仰頭往嘴裡灌。

「你來我家幹什麼？」他閒閒地問。

曾麒麟掃他一眼，「我不能來？」

「……」

「呿。」

看他那副囂張的樣子，曾麒麟哼了一聲，慢悠悠地問：「怎麼？把女朋友追回來了啊？」

「是啊。」謝辭往沙發上一坐，兩條長腿伸直，懶洋洋地放在矮凳上，腳還晃了晃。

「嘖嘖，之前還要死不活的，還以為你打算殉情呢。」曾麒麟開口嘲諷。不過謝辭沒搭話，他嘴角帶點笑，眼睛垂下來，不知道在想什麼。

「對了……」曾麒麟想起來正事，「你之前是不是和一個叫付一瞬的……」

聽到這個名字，謝辭眉頭一皺，「怎麼了？」

「你認識嗎？」

「認識啊，他之前要搞我，後來我找人搞了他。」

「然後？」

謝辭答得漫不經心，「然後退學了唄。」

「不過你突然怎麼突然提起他？」

「呵。」曾麒麟點燃一根菸，瞇起眼睛抽了一口，「他轉到二中去了，還認了個哥哥。」

§　§　§

在學校的日子總是過得單調又枯燥，宋一帆看到謝辭那副精神奕奕地讀書的模樣就不自在，也不知道他忽然從哪裡湧起這麼強烈的上進心。

有人調侃：「阿辭這是要重新做人啊。」

不過宋一帆覺得謝辭可能是病還沒好，又和他說不通，只能作罷。一群人心裡想著，就看他能學出什麼東西來。

他們哪個不清楚謝辭的脾氣，他哪有那個耐心當好學生，坐在教室裡啃書本這種事情，不過是三分鐘熱度罷了，估計過幾天就堅持不住了。

早上第一節是英語課，文一班趴倒一片，大家都昏昏欲睡。

陳月在講臺上念課文，她上課節奏慢，又喜歡中途說一些無關緊要的閒話，所以大多數人都不可避免分心。

徐曉成正津津有味地低著頭看雜誌，沉浸在一片花花綠綠中無法自拔。

後面有人用手推他的背，小聲地喊：「成哥，成哥……」

「幹嘛啊！」徐曉成不耐煩，手往桌上一拍，頭側過去，「叫鬼呢？」

只見身後那個男同學低頭沒說話，憋著笑的模樣。徐曉成才意識到不對勁，眼角餘光就看到旁邊停下一道黑影。

陳月把他的籃球雜誌沒收，徐曉成站在座位，聽她訓了估計有五分鐘。

「你們看看下面的倒數計時牌，還有五十八天！還有五十八天就要高考了，這意味著什麼？意味著你們就要步入高三了，怎麼一點緊張感都沒有？還在課堂上看這些閒書，都是同一個老師帶的，你說你怎麼和別人差那麼多？像我在零班上課的時候，他們……」

「唉……又開始了，中年期婦女啊，怎麼這麼能嘮叨……」宋一帆嘆了口氣。

同桌看了他一眼，「更年期吧。」

「喔……」

宋一帆很隨意地說，「開玩笑嘛，你知道我沒文化……」

陳月把手裡的書放下，「高二這麼多班，就沒看過比你們還能鬧的，真不知道哪來這麼多時間，我另一個班的小老師，你們都應該聽過吧？年級前幾名那個女生，人家天天上課認真聽講，下了課也不放鬆，你們本來就和成績好的差距大，還不努力……」

在陳月講得盡興的時候，講臺下面早就鬧成一團，起鬨聲也有唏噓聲也有。聽到許呦這個名字，一圈人眼神都不經意地往謝辭的方向行注目禮。

「嗳，辭哥。」宋一帆在後面叫他，語氣稍微有點泛酸，「嘖嘖，聽老師表揚自己女朋友，是不是有一種油然而生的自豪感，特別開心？」

謝辭懶得理他。

宋一帆的同桌壓低聲音問：「你說，要是被英語老師知道她的得意門生和謝辭在一起，會不會當場暈過去？」

「那我覺得估計會讓老師懷疑人生。」宋一帆搖搖頭，一本正經地看過去。

「對啊。」

「還有就是……兩個人實在有點不配。」同桌感嘆了一句，怕被謝辭聽到，聲音又降了調，「感覺零班那個女孩，成績可以穩上清華北大了，等離開了學校，兩個人就會出現差距，社交什麼的……」

這話聽在宋一帆耳裡就有點不爽了，他淡淡地說：「你想多了吧。」

「什麼？」

「謝辭和許呦在一起挺好的啊。」

宋一帆從小就有護短的毛病，聽不得別人說自己兄弟半點不好，然後他又不鹹不淡地補了一句：「而且，平時我們說著好玩的你該不是當真吧？謝辭家裡錢多的是，就算他不讀書，以後畢業了混得比誰都好。」

第十五章

妳和他在這種節骨眼上談戀愛，
還要不要未來了？！

這次月考，謝辭一夥人依舊是難兄難弟，被分在多媒體教室。

往常的月考對他們來說都是平淡地度過，連筆都很少帶，掀不起什麼波瀾，但這次……

李傑毅坐在謝辭旁邊，忍不住問：「辭哥，傳聞你最近知識有提高，等等傳個紙條唄？」

謝辭目不斜視，冷哼一聲，「滾。」

李傑毅罵了他一句，「謝辭，你講不講兄弟情啊？」

「你是什麼東西？」謝辭睨他一眼。

考卷發下來，謝辭擺正草稿紙，埋頭苦寫，在旁人看來簡直是一題題算得入神。

宋一帆就坐在他前面旁邊一點，時不時衝謝辭的方向瞄。他心裡暗暗吃驚……看謝辭這副架勢，該不會真的要逆襲了吧……

對別人探究的視線，謝辭一點感覺都沒有，眉頭時皺時鬆，全神貫注。

到最後連監考老師都忍不住多看了他幾眼，作為年級裡有名的不良學生，這麼安分地寫題目簡直是匪夷所思。

平時他們這一群都是過半小時就交卷走人的人，現在謝辭不走，剩下的人都在等他。

等到收卷鈴聲響起，第一排的人離開座位收答案卡。

收到謝辭的時候，他還不太願意給，沉沉地盯著收卷的人，把人家嚇得額頭直冒冷汗。

「唉我靠，謝辭你走不走啊？」

宋一帆早都出考場了，就因為謝辭還沒出來，他在外頭等了半天，急得想伸頭進去喊他。

謝辭人一出來，宋一帆就跟上去，嘮嘮叨叨：「你寫什麼寫那麼久，批奏摺啊？」話不停說著，他一頓，發現謝辭擰著眉，一臉凝重。

宋一帆小心翼翼地問：「你不會還要跟我討論考試題目吧？我跟你說，我可做不來這個……你得找別人。」

「你吵什麼？我又不是智障。」謝辭不耐煩地瞥了他一眼，於是宋一帆識相閉嘴。

過了幾天，月考成績出來。

徐曉成一群人都有些說不準的感覺，下課聚在一起抽菸的時候，有人說了句：「看謝少這段時間……我們不會在榜上看到他吧？」

馬上就有人被菸嗆到，咳了兩聲，「別別，可別，我承受不住這個刺激！」

「兄弟，阿辭要是能上榜，這算是感動全國了吧。」

「哈哈哈哈哈哈哈哈！」

一直在一旁的宋一帆安安靜靜，沒參與討論。

回了教室，數學老師把考試考卷發給班上同學。一群人一窩蜂湧上去，搶著要發。

宋一帆回到座位上，毫不在意地拎起自己的試卷瞄了瞄分數。

三十二分，還可以。

反正他一向不在意這些，沒什麼感覺。宋一帆轉頭看謝辭，「阿辭，你多少？」

謝辭把考卷折起來。他表情淡淡，沒回答，反問道：「你多少？」

「哈哈哈哈。」有生之年，他倆居然還討論起成績來。宋一帆內心感慨良多，搖搖頭說：「我三十二分，矇對了幾道選擇題。」然後他看到謝辭的表情變得有些難以描述。

「怎麼？」宋一帆皺眉，「你不會是嫌棄起老子來了吧？」

「有一點，所以你快滾回去。」

宋一帆居高臨下，盯了他幾秒，趁他一時不備，一把搶過他的考卷，定睛一看——

「你找死啊！」謝辭順勢起身，想要迅速抽回自己的考卷，臉色糟糕透了。

「十二分？」宋一帆一愣。

謝辭煩躁地道：「還我，你他媽給我滾！」

「不應該啊！我的辭！」宋一帆忍住不笑，又有點想不通，「我看你寫得挺認真的啊，怎麼才這麼一點分數，哈哈哈哈哈哈，比我少？」

謝辭沒說話。

宋一帆納悶，「不是，是不是老師改錯了？還是你瞎寫的？」

謝辭沉著臉，認真地說：「我一題一題親手算的，草稿紙都用完了。」

「這……」

比起宋一帆，謝辭更想不通，「你怎麼考到三十二分？抄的？」他還看書了，宋一帆考試之前連筆都沒帶，還是跟他借的，憑什麼考比他高。

「哈哈哈哈哈哈。」宋一帆咳了一聲，老實道，「我亂做的，全靠猜的。」

「怎麼猜？」

「掐指一算，厲害吧？」

「……」

宋一帆特賤，「你別說，哈哈，我還扔骰子驗算了一遍，感覺挺有效果的。」

謝辭想踹他，煩躁地把答案卡拿起來，揉成一團，看到就煩。

「哎喲。」宋一帆拍拍他的肩，安慰道，「那句話怎麼說來著？命裡無時莫強求……咱們不是讀書的料，認命吧！」

「別別別。」後面的徐曉成圍觀了整場戲，笑得快要說不出話，「怎麼就輕易認命了？辭哥別怕，我們要讓蒼天知道我們不認輸！」

也不知道是誰把這件事告訴了許呦，週六一大早，謝辭還在床上睡覺，放在床頭櫃的手機就響了。

他睡得迷迷糊糊，閉著眼翻了個身，也沒看來電顯示就接起來。

『謝辭……睡醒了嗎？』

熟悉的聲音一響起來，謝辭瞬間清醒了。他睜開眼，從床上猛地坐起來，把電話從耳朵拿下來看了兩眼，又放回去，「許呦？！」

『是我啊。』

他清清嗓子，低著頭，手揪著被子，不自然地說：「妳……」

『今天有時間嗎？』

許呦那邊頓了頓，她聲音很輕，柔柔的，『我今天要去圖書館，你要一起去嗎？』

「……」

『謝辭，你沒時間嗎……』

「在在在在！」謝辭把被子一掀就下床，隨便抓了一條褲子，蹦躂著穿上，「有時間、有時間！！！在哪裡？在哪裡？我去找妳還是什麼？」

『你慢一點，別撞到東西了。』

許呦在這邊收拾書，聽到電話那頭乒乒乓乓的響聲，嘴角抿起小小一個弧度，『你們那裡有圖書館吧，我也不知道在哪裡，我們等等去看看……』

「好、好！」謝辭聲音歡喜地不得了。

許呦也忍不住笑，『記得把你考試的數學考卷也帶來。』

「……」

§　§　§

臨市有幾家免費的大型圖書館。

自習室裡人不算多，只有零星的幾張桌子坐著人。他們隨便找了個靠角落的位置，許呦把書包卸下來放到桌上。

「那我坐哪裡啊？」謝辭倚在一旁，雙手抱到胸前，「我要在妳旁邊，不想坐妳對面。」

許呦看了他一眼，等等還要教他寫題目，兩個人坐近一點應該比較方便。所以她考慮了一會兒，小聲地說：「你搬個椅子來我旁邊，動作輕一點。」

旁邊是落地的玻璃窗，窗簾被扯到一邊，一束陽光投射到地板上，打出一片陰影。

許呦從鉛筆盒裡抽出一支筆，她低著頭，對旁邊的謝辭攤開掌心，「數學考卷和答案卡呢？」

半天他都沒反應。

許呦疑惑地轉過頭，看到某人的表情很遲疑。

「快點啊。」她催。

「我……」謝辭從上衣外套的口袋裡，掏出一張皺巴巴的紙……

「怎麼變成這個樣子了？」

許呦哭笑不得，接過那張紙，耐心地把皺痕用掌心推平。

一攤開，左上方鮮紅的分數赫然出現，兩個人都沉默了，許呦也是第一次有點說不出話來。

「你怎麼考的……四十二分？」她試探性地問，還怕語氣太重，傷了他的自尊心。

謝辭特別嘴硬，「反正……我比宋一帆高，他才三十二分呢。」說著說著，語氣有些沾沾自喜，變得很孩子氣。

「……」

許呦搖搖頭，翻了翻謝辭的答案卡。她的心算本來就很強，幾道題瞄過去，立刻就能發現謝辭根本沒有那麼多分。

其實，分數欄那個一改成四的數字就很僵硬，很容易能看出來。許呦假裝沒看懂，可是心裡又覺得好笑，她又不是他的家長，改分數這種幼稚的行為，真像個小學生……

她壓住嘴角的笑容，按下原子筆，從一旁抽出一張白色草稿紙。

謝辭單手托著腮，「別發呆，你也拿一支筆，我和你解釋，然後你算，順便做筆記。」許呦的表情恢復嚴肅。

「知道了，許老師。」他懶洋洋地應了一聲。

她知道謝辭基礎不好，就直接放棄了幾道比較深奧的，專挑基礎講。

「這一題。」原子筆的筆尖點了點，許呦的聲音清緩柔和，眼睛看著謝辭，「如果直線 ax＋2y=20，與直線 3x＋y=20 平行，那麼係數 a 的值是多少？」

謝辭無辜地望著她。

「……」

「這一題就是簡單的比例法，國中生也會做，我跟你說方法，你自己算……」

許呦以前幫小朋友當過家教，所以很有耐心，題目講得也很仔細。

謝辭雖然很多不懂，態度還是端正的。許呦特地囑咐要他把數學課本帶來，每講到一個重點，就讓他翻出來做好筆記。本來一開始是讓他自己寫，可是謝辭的字跡龍飛鳳舞，又大又醜，寫在書上根本看不清。許呦無奈，拿了藍色的水性筆親自幫他記筆記。他就負責湊在旁邊看，嘿嘿地笑。

「這題，三角函數，你自己把題目念一遍。」

「喔……已知函數 f(x)＝4……呃，arctanx。」謝辭不知道 arctan 怎麼念，就直接用拼音代替。

許呦生氣，又忍不住笑，拿筆敲了敲他的腦袋，「你連這都不會讀，上課在幹嘛？」

「上課在玩。」謝辭老老實實地說。

題目講到最後，謝辭的答案卡已經記滿了密密麻麻的演算過程。

許呦把數學考卷放到一邊，拿著水杯從座位上站起來，吩咐了一句：「你先把我跟你講的看一看，我去倒點水喝。」

等她回來的時候，謝辭趴在桌上，不知道全神貫注地塗塗畫畫著什麼。

許呦拉開椅子在他身邊坐下，湊上去看了一眼。他沒算題目，而是在草稿紙上畫了一堆圈圈叉叉，莫名其妙的符號。

「我想把這個送給妳。」謝辭把紙推過來。

許呦不太懂是什麼意思，指著那些ＯＯＸＸ問：「這是什麼東西？」

「妳晚上來找我，我告訴妳啊。」謝辭一邊轉筆一邊撐著腦袋，低著眼，笑得邪惡。可能是他太蕩漾，讓許呦電光火石之間意識到了什麼。

「謝辭，你怎麼這麼不正經啊！」

許呦臉蛋泛紅，輕斥了一聲，然後撇過眼睛不看他了。

謝辭好脾氣地看著她，沒臉沒皮地笑著。玩了一會兒，許呦不和他鬧了，坐正身子，「我要讀書了，我就知道和你在一起學不了。」

她把考卷放好，謝辭的手機剛好震動起來。他摸出來看了一眼來電顯示，皺著眉，推開椅子起身去遠處接電話。

過了一會兒，謝辭回來。他的樣子匆忙，似乎有什麼急事。

許呦看著他，「發生什麼事了？」

「妳帶手機了嗎？」謝辭問。

許呦搖頭。

「我現在有點事要先走，不能送妳回家了，妳等等回去拿手機傳訊息給我。」他拿起外套，一邊在跟別人打電話，沒等許呦開口說什麼就跑得不見人影。

許呦腦子都是謝辭走時焦急的模樣，她有點擔心，也讀不下去了，潦草地收拾了東西回家準備打電話給謝辭。

不知怎麼的，心裡一直有些慌。

回到家，陳秀雲正靜坐在沙發上，似乎在想事情。

許呦急著回房，沒看她表情就隨口說：「媽，我回來了。」

「這麼早，不是去圖書館了嗎？」

「嗯……有資料忘在家裡了。」

許呦回了一句，換好鞋，連包都沒來得及放，三步併一步跑回房間。

明明記得手機放在枕頭底下，找了兩次還沒找到。她跪下來，到處翻，急得額頭冒汗。

「許呦，妳在找什麼？」陳秀雲的聲音從背後傳來。

許呦動作一頓，轉過頭，看到陳秀雲手裡拿著的東西。

她心一沉。

「——咚。」

手機被陳秀雲砸到地上，慢慢滾落到許呦身邊停下。

「媽……」

「妳先別叫我，跟我說，妳手機裡的人是誰？」

「天天跟妳傳訊息，他叫妳什麼？」

「妳說啊！妳別不出聲，許呦，妳要急死媽媽嗎！」

「我心疼妳，看妳那麼晚沒睡，以為妳在讀書，結果呢？妳到底和誰打電話天天打那麼晚，妳是不是以為爸爸媽媽都是傻子？」

許呦眼眶一下就紅了，陳秀雲深吸了口氣，似乎有點頭暈，支撐不住地坐到床上。她一直有低血壓，情緒起伏大的時候就會臉色蒼白。

「媽媽，妳別生氣。」許呦越發自責，咬著唇，「別生氣……」

「我一直信任妳，從來不去翻妳的手機……可是妳呢，拿什麼回報我的信任？妳知不知道現在談戀愛對妳意味著什麼？」陳秀雲越說越激動。

「談戀愛」這個詞說出來，聽得格外讓人心驚，有點懵。可是許呦卻無力反駁，一句話也說不出來。

「我和妳爸爸一直耗著，就是因為妳，妳又不是不知道……我為了妳……」說到這裡，陳秀雲哽咽了一下，指著她的鼻子，「妳為什麼這麼蠢？這是什麼時候，妳還有心思談戀愛，妳憑什麼？妳知不知道，妳考不好，我和妳爸也養不起妳，妳以後出社會了，拿什麼和別人比！」

陳秀雲看許呦跪在原地，眼睛低垂著，一動不動，心裡的火氣與無奈辛酸交纏，最終化為長長的一聲嘆息。

「妳還小，還沒意識到沒學歷就沒能力，就混不下去，妳知道我和妳爸爸為什麼這些年……我老實說跟妳，當初妳爸爸就是沒有能力，入贅住進我們陳家，妳的姑爹姑婆哪一個瞧得起他？因為什麼？都是因為他沒能力！妳以為我們為什麼老是吵架？妳看看妳爸爸過得幸福嗎？妳看看妳媽媽我過得幸福嗎？妳才高中就這麼不珍惜自己的機會，以後沒能力靠男人，進了他們家的門，妳知道自己要受多少氣嗎？妳知不知道要受多少白眼？」

「這個世界上，很多事情妳不能控制，可是很多事情妳能夠把握，為什麼不好好珍惜？」

「媽，我知道……」

許呦忍著沒哭，她直視陳秀雲，捏緊拳頭，「我知道我在幹什麼。」

「妳在幹什麼？」

「媽……我一直很聽你們的話，然後……這一次，妳能不能先別告訴爸爸，等我自己解決？」

陳秀雲似乎已經沒有力氣再罵她，「許呦……」

「我知道這樣不對，但是我還是能保證，我一定會好好讀書，真的，我會和他說好的。」

許呦的語氣近乎是哀求了，急忙道：「媽……妳相信我一次好不好？我真的不會讓妳失望的。」

陳秀雲的心扯得疼。許呦從小就和別的孩子不一樣，小時候陳秀雲和許呦爸爸吵架，她就坐在不遠處默默看他們。許呦一直聽話乖巧得讓人心疼，打針也不喊疼，一聲不吭，去超市也從不吵鬧著要什麼東西。連幼稚園老師都說她太聽話了，懂事得不像這個年紀的小孩。不論是做操還是玩遊戲都很認真，吃飯和睡午覺都會讓著別的小朋友。陳秀雲夫妻倆工作忙，能照顧許呦的地方少，就經常把她丟在外婆家。外婆那裡沒有其他小朋友，許呦就經常一個人發呆，或者寫作業……就算想他們了，就打個電話，每次掛之前，陳秀雲都聽到許呦說：媽媽，我很想你們，但是我在外婆這裡很聽話……

想到這些，又看到許呦跪在自己面前。陳秀雲冷靜片刻，找回自己的聲音，「我暫時不會告訴妳爸爸，妳自己解決好，我最後相信妳一次。」

出房門前，陳秀雲頓了頓，側過頭說：「媽媽不是逼妳，什麼事情都等妳高考後再說，妳和那個男生……」

剩下的話她沒有再說，也不忍心繼續說。

門被帶上後許呦無力地靠在床頭櫃上，怔怔愣愣地出神。

她抱膝坐在窗臺邊，遠處路燈的光，昏昏沉沉，暈染著周遭的雜花草，稀疏暗淡的星星卻一點也照不亮遠處漆黑的路。

§ § §

許呦睡了很久才醒來，像是過了一整天，也沒人叫她。許呦半撐著身子，迷迷糊糊地拿起一邊的手機看時間。

已經接近中午了，她穿好衣服，踏著拖鞋出去，陳秀雲已經把飯菜擺上桌了。

飯桌上很安靜，許父出門做工，只有母女兩人在家。許呦胃口不好，埋頭小口小口的往嘴裡塞米飯。

陳秀雲夾了一塊肉丟進她碗裡，「多吃菜。」

母親滿臉的疲憊和憔悴，看得許呦心裡一陣難受，又不知道如何開口。她吃了幾口，又停了筷子，組織語言，剛想開口就被阻止。

「妳什麼也不用說，以後也不用跟我提，妳和那個男生的事情早點解決。」

陳秀雲的聲音很輕，卻壓得人心頭千斤重。說完她起身，收拾碗筷去了廚房。

許呦坐在椅子上，看著飯桌上的飯菜發呆。

看見女兒那副沉默到近乎木訥的模樣，陳秀雲壓下心裡的火氣，「許呦，妳知不知道我昨天晚上為什麼和妳爸爸吵架？」

「我能管好自己。」許呦輕輕握緊拳頭。

深知女兒倔強的個性，陳秀雲氣得把圍裙扔到她身上。接下來，埋藏在平日生活裡雞毛蒜皮的憤怒硬生生地砸到許呦耳裡：「妳以為我為什麼還和妳爸爸過生活？都不是為了妳嗎！妳呢？妳現在在幹什麼，妳和別人談戀愛，到現在還跟我嘴硬！妳別給我擺出這副要死不活的模樣，誰也不欠妳！」

「妳和他在這種節骨眼談戀愛，還要不要未來了？妳自己以後怎麼辦，妳要我怎麼辦？我忍了這麼多年，妳是要逼死媽媽啊！」

「妳怎麼這麼自私？」

許呦身子一僵，不自覺地搓搓手心。

她習慣性低頭，不再說話，卻突然覺得有些委屈，但是她最見不得的就是母親流淚，所以習慣性地一句話也不反駁，靜靜聽著。

不過很多話，她都打算留著過一段時間跟母親說。

因為她昨晚就決定好，她對自己有信心。只要能控制好，自己的成績肯定不會下滑。

她從來不會隨便對人承諾什麼，但只要答應或者認定的事情，她就算到最後一刻也不會放棄。

謝辭也是。

§ § §

許呦接到電話時已經接近下午三四點，拿起手機，按了擴音丟在一邊，繼續埋頭寫題目。那邊傳來宋一帆焦灼的聲音，急忙詢問：『許呦，妳看到謝辭沒？他有打電話給妳嗎？他在不在妳旁邊？』

許呦筆一停，起身坐到床邊，小聲地問：「出什麼事了？」

等那頭一說完，她立刻闔上書，找到鑰匙，隨便披了一件外套出門。

計程車上，許呦不斷地撥打謝辭手機，卻一直顯示無法接通，像是被人潑了一盆冷水，她的心越來越冷。

越靠近西街北路車越塞，司機看了一眼後照鏡，把車停在路邊轉頭說：「小女孩，妳直接下車吧，前面路口好像出事了，塞車。」

許呦心中一緊，隱約有不祥的預感，顧不得許多立刻推開車門。

宋一帆的話在腦海裡一晃而過：「謝辭表哥和二中的人起了衝突，徐曉成剛剛打電話跟我說是在西街那邊，不知道謝辭帶人過去沒。我打他的電話也不接，就想問問他有沒有跟妳在一起。如果跟妳在一起，妳叫他別去，搞不好會出事，二中叫了幾個帶刀的……」

走著走著，許呦蒼白著臉，心裡開始慌。她握緊手裡的鑰匙，思緒被旁邊走過的兩人交談聲拉回來。

「哎喲，現在高中生街頭打群架還見血，真是太嚇人了。」

「你剛剛看到沒有？有個人躺在地上，估計快不行了……」

一人心有戚戚焉，「幸好沒靠近，嚇死人了。」

前面街角一片慌亂，裡裡外外圍著的全是一哄而上的人群，不停傳來人聲問打求救電話了沒。

許呦一開始只用走的，到後面拔腿跑起來。圍著的人群太擁擠，她被兩三個男人牽制住腳步，進退不得，此時裡面傳來一聲怒吼，「滾開，都別碰我！啊——」

這聲音讓許呦心裡一緊，腦袋嗡嗡作響，直接撥開身邊的人就往裡面衝。

摻雜著咒罵的吼聲、歇斯底里的叫罵刺激著她的耳膜。當許呦終於鑽進去，第一眼看見的就是跪在地上，紅了眼睛的曾麒麟。

紅色，鋪天蓋地的紅，流了滿地。許呦瞬間感覺呼吸都被抽走，腿一軟。

有人把她往後面拉，焦急道：「噯噯，妳後退一點，幹嘛往裡面跑，小心傷到了。」

話音剛落，人群又是陣陣尖叫聲。曾麒麟面無表情地抄起旁邊一根鐵棍，在別人沒反應過來的時候毫不留情地往一旁的付一瞬揮去，「謝辭今天出了事，你也跑不了。」

付一瞬還沒看清襲來的黑影是什麼東西，便被打得倒在地上，半邊腦袋都嗡嗡作響，幾秒後鼻血直流。

圍觀的群眾被嚇得彈開，推擠叫喚。許呦完全沒注意那邊，什麼也不管，什麼也不顧，直直地朝謝辭走去。

他躺在地上，蒼白的臉上、脖子上，全部濺滿了星點的血，唇色褪去。

「謝辭……」許呦顫著聲音，聲音都不敢太大，生怕驚擾了他。

謝辭呼吸微弱，身上傷痕累累，他瞳孔微微放大，映著許呦的身影。

他的視線緩緩上移，纖細筆直的腿，乾淨簡單的白T恤，清秀的小臉就那麼低垂著，清晰無比地砸進了疲憊的視線。

「靠……妳怎麼來了？」謝辭撇過眼，還有力氣罵髒話。不過隨著意識慢慢渙散，眼前一陣一陣發白。彷彿再和她對視幾秒，就會徹底支撐不住。他一字一句地說：「許呦……妳別看。」

妳別看我。

妳也別哭。

「好，我不看，你別講話。」許呦立馬答應他，顫抖著聲音，眼淚卻一滴滴掉在地面上，暈染開來。

她蹲下身子，手哆嗦著，想去碰他又不敢碰。

他想說，我不疼，妳哭什麼啊。

可是謝辭什麼都說不出來，他就那麼躺在地上，看著她哭，可又疼得動不了。手疼心也疼，想安慰她一句，可是喉嚨啞得像一口乾涸的泉。

一陣尖銳的鳴笛聲響起，姍姍來遲的救護車終於趕來現場，後門一開，一隊醫生護士推著推車出來。慌亂的腳步聲匆匆踏來，圍在一起的群眾被警察呵斥，許呦這才猛然驚醒。

「嘖嘖，這是造了什麼孽。」一個戴著藍色口罩的女醫生蹲下來打量謝辭的傷勢，大概是看慣了，看到一把刀插進手掌裡，眉頭也沒皺一下。

移動病床被拉下車，停在路旁。

兩個小護士也緊跟著過來，卸下急救箱，拿出消毒藥水、紗布、棉花，幾個人開始現場幫謝辭的傷口做簡單的消毒和包紮。

「嘶，別碰我——」謝辭的意識本來恍恍惚惚，此時又體會到鑽心的疼。強打起精神，他低頭看了一眼自己的手，蜷起來開始不停掙扎。

「疼是正常的。」沒有理會謝辭的掙扎，處理傷口的女醫生頭也不抬，有條不紊地繼續手上的動作，吩咐道：「他肋骨可能斷了，找幾個人按住他。」

他說了什麼，許呦沒聽清。

「痛嗎？」她低聲問。

謝辭抿著唇角，搖搖頭，努力讓自己發出呼吸以外的聲音。

「痛就咬我吧，你嘴唇都流血了。」

許呦看著他泛紅的眼眶，輕輕擁著他。謝辭的頭被她抱在懷裡，一截細白的手臂覆上他薄薄的一層眼皮，她在他耳邊輕聲說：「別看，馬上就好了。」

關於那天下午的記憶，許多年以後，謝辭實在記不得什麼。唯一記得的，就是許呦手上的溫度。溫柔地覆蓋在他的眼睛上，有淚滴下來，滴到的地方滾燙，燙得他的心都跟著疼了起來。

§ § §

星期一去上學，許呦眼睛底下的陰影很重。

早自習結束後，余藝問許呦怎麼了，看起來臉色不太好。

許呦強打起精神，搖搖頭，「我沒事。」

月考成績出來，許星純仍舊是萬眾矚目的學年第一，班上不少人在徹底敬佩之中又夾雜認命，有些人天生腦子好，有天賦，不怎麼讀也能獲得好名次。

被余藝拉著感嘆了幾句，許呦收拾好東西，走出教室去七班。

最近她總是往七班跑，倒是讓余藝問了好幾次。

許呦在教室外面等，坐在窗邊的那個女生已經習以為常，直接探出頭說：「謝辭他沒來。」

「我知道，」許呦低眼想了想，又問，「宋一帆來了嗎？」

那女生又往後看了一眼，巡視一圈，「沒來。」

「好，謝謝妳。」

她拖著腳步回自己的教室，第二天、第三天、第四天……

從謝辭出事那天起，他就一直沒來上學，宋一帆也不見人影。

轉眼又到了運動會，許呦上課偶爾會神遊。聽說謝辭家裡幫他轉了醫院，也不知道他的身體現在怎麼樣了。

運動會當天，各班走完列隊後舉行開幕式，田徑場上很快就開始了各種比賽。

許呦趴在欄杆上發呆，微涼的風滑過她的臉龐，耳邊垂落的髮絲被風揚起。

一聲槍響，男生年輕的身軀就像出鞘的利劍，各班的女生聚集在跑道的一邊吶喊，為自己班上的人加油。

許呦看著看著又不禁想，如果謝辭在，應該可以讓很多女生發出驚天動地的助威聲吧，轉眼她就把自己的想法否決了。

——他那麼愛玩，哪會安分地來參加這種事。

許呦下午又去了七班，碰到了徐曉成。他正巧換好運動服走出教室，一個轉身，看到許呦站在走廊上，愣了一下。

她和徐曉成沒講過幾句話，但是知道他和謝辭平時總在一起，「同學，你知不知道這幾天謝辭在哪裡？」

「啊？」徐曉成笑了一下，語氣輕鬆：「阿辭啊，他最近沉迷一款遊戲，就翹課去網咖了。真是狗改不了吃屎，嫂子妳別氣，到時候我們幫妳罵他。」

「不用了，他手機打不通，你能聯繫他嗎？」

許呦看著他的眼睛，表情不變。

徐曉成漸漸不笑了，慢慢地，他搖搖頭。

「你把手機給我吧，我就和他說幾句話。」她的語氣很平靜。

「不是……就是……」他不敢和許呦對視，所以越發心虛。

「我知道他在醫院，你不用騙我了。」

這句話，成功扼殺住徐曉成的話。他半天沒出聲，徐曉成嘆了口氣，把手機遞出去。

許呦兩隻手捧著電話，撥了幾次，依舊是無人接聽，然後忙線。她不信邪，一遍一遍按重撥。

「許呦，妳別打了。」徐曉成出聲，有氣無力地阻止她。

她像沒聽到一樣，機械式地重複手上的動作。

「謝辭不會接的。」他說。

許呦還是沒有聽，保持著原樣，紋絲未動。

「真的，妳別打了，沒用的……」

「算了。」對峙片刻，徐曉成先放棄，慢慢地說：「我帶妳去吧。」

從學校到醫院，這一路上她一句話都沒說，雙手交握。外面又開始下起了雨，暗沉沉地覆蓋整個城市的天空，無數顆水珠傾灑碰撞。

從車上下來，兩個人都沒有傘，身上被淋得濕透。

謝辭依舊神智昏沉，戴著吸氧管，手背上插著針頭，身邊纏連著電線的儀器在滴滴作響。

她慢慢走過去，靠近他，謝辭卻一點動靜都沒有。

許呦也不多言，輕輕拉開旁邊的椅子坐下來，就這麼看著他。不知道過了多久，身後似乎有人走進來，遞了杯水過去。

「他沒生命危險了。」曾麒麟站在她身後，俯下身，輕聲說，「這裡不能多待，先出去。」

在醫院走廊上的長椅上，許呦陪曾麒麟坐了一下午。

神情憔悴的少年兩腿分開，手撐著頭，斷斷續續地跟她說那天發生的事情。

「我們學校之前和二中有矛盾……上週末發生了一點糾紛，後來鬧得有點大，他們有一個人喊了社會上的人來，那個人剛好和謝辭之前有矛盾……」

「當時有點混亂，那個金毛趁所有人沒反應過來，手裡拿著刀子直接捅謝辭。」說到這裡，曾麒麟閉了閉眼，似乎不想再回憶那天的場景，他雙手抓著自己的頭髮。

「是我對不起他，不應該叫他去的，明知道之前……」曾麒麟喃喃，點了一支菸。

許呦不言不語，雙手放到膝蓋上。等身邊的人說完，她突然轉頭問：「那個人，進警察局了嗎？」

曾麒麟一愣，問：「什麼？」

「拿刀的人。」

許呦很平靜，全神貫注地看著地面，又重複了一遍，「他進警察局了嗎？」

醫院的光被格窗分割成一條條，投在地上，明暗交錯。

她身上被淋透了，頭髮也貼在臉頰兩側，寒氣從腳底冒上來。

「進了。」他答。

半晌，她點點頭，「好。」

然後兩人就不再說話。

運動會期間，她也不急著回學校，就坐在醫院裡陪謝辭。

窗外的光線慢慢暗了，頭頂的白熾燈亮起，慘白慘白。有不同的人進進出出，來去經過。

許呦也不知道最後怎麼走的，就記得雨淋在身上，好冷。

精神和身體很疲倦，心裡卻出奇地平靜，就像大雪紛飛後的寂靜。

§ § §

過沒多久，學校都在傳這件事情。流傳出來的版本很多，只要是八卦，大家都懶得去細究故事的真假。

許呦那天去醫院後，就再也沒去七班。她下了課就坐在座位上，哪裡也不去，放學了就直接回家。周圍有同學議論起這件事，她就默默走開，什麼也不聽，什麼也不說。

有時候走在路上，會接收到各路探尋的眼光。

許呦發現自己挺堅強的，至少能在同學、老師，還有父母面前保持原來的模樣，只是話變少了一點。

就這麼過了幾天，下課休息的時候，徐曉成來找她，說謝辭意識已經差不多恢復，意思是她能去看他了。

再去醫院，謝辭已經從加護病房轉到了普通病房。

他穿著藍白條紋的病患服，一隻手纏滿白紗，正半靠在床邊看新聞，腿上還打著石膏。

聽到開門聲響，謝辭一抬眼就看到許呦進病房，兩人對上眼的瞬間，同時怔忪了幾秒。她走上前幾步，「謝辭，你好一點了嗎？」

他像是嚇到了，也不敢看她，目光落在別處說：「許呦，妳怎麼來了？」

隔著幾步之遙的距離，謝辭的聲音像被砂紙打磨過，「妳走吧。」

她愣住了，腳步一頓，抓緊了書包背帶。

徐曉成在身後，眼睛瞪大，嘴巴張了張，又閉上。天啊……這位兄弟又在發什麼瘋？

「謝辭？」好一會兒，她皺著眉，終於找回自己的聲音。

謝辭的眼睛看著窗外，面色雖然蒼白，卻依舊毫無起伏。

「妳走吧。」他又重複了一遍，聲音細弱卻清晰，一個字一個字地傳到她耳裡。

「我不會去上學了。」

旁邊的人一時間誰都沒反應過來，病房裡靜悄悄的。

許呦不敢置信地看著他，這句話其他人也聽到了，徐曉成更是忍不住開口，上前一步：「謝辭，你瘋了啊？」

謝辭半闔著眼皮，如果仔細看，就能發現側臉線條明顯繃著。

許呦僵在原地，不曉得要說什麼，過了很久才找回自己的聲音，「不管你發生了什麼，說這些話之前，還是要好好考慮一下，我先走了。」

她說完之後，轉身要走。

「許呦。」謝辭的唇抿得更緊，在身後喊她的名字，憋了半秒才問：「妳對我非常失望吧？」

他其實很虛弱，連聲音都聽得出來，有氣無力。

有一瞬間，謝辭看著許呦走遠的背影，真的特別特別難過。心彷彿就這麼直直地墜了下去，所以還是開口叫住了她。

「我不失望，謝辭。」許呦知道自己還沒掉眼淚，所以她轉過去，看著他的眼睛，「除了你自己，誰都沒有資格對你失望。」

說完，她停頓了一會兒，然後低頭把書包從肩膀上卸下來。

許呦手裡拿著一張寫滿的數學考卷，輕輕放到床邊的桌子上，「你忘記拿的東西。」

「謝辭，有許多事情你都不要輕易決定。等你真的想好了，再傳訊息告訴我吧。」

門被關上。

他重新躺回床上。眼神直愣愣地望著前方，傷口那處又開始鑽心地疼。

風從窗子進來，被壓著的數學考卷，吹得嘩啦啦響。

謝辭一動不動，專注地盯著許呦留下的東西。

身後似乎又站了個人，不知道還在期待著什麼，謝辭心裡忽然一緊。堅持了半天，他還是忍不住轉過頭去。

許呦就那麼靜靜地看著他，兩人的距離太近，許呦甚至能清晰地看清謝辭眼裡一閃而過卻壓抑不住的驚喜。像陡然迸發出光彩，可是很快又黯淡下來。

看她沒有出聲，謝辭換了個姿勢，逞強道：「妳幹嘛回來？」

許呦看在眼裡，在心裡嘆氣了一聲，開口問：「你哭什麼？」

病床很窄小，謝辭蜷縮著身子，背過去放下手機，用手掌使勁把淚水抹乾淨。

許呦走過去，把窗戶關上。撐在窗臺上，輕輕發出一聲嘆息。

「你不是跟我保證過嗎？怎麼還去打架？」她的語氣很平靜，不是質問，彷彿只是淡淡地陳述一個事實而已。

「妳不用管我。」聽了她的話，謝辭垂下眼睫，眼裡的光線稀疏黯淡，似乎一點也不為所動。

「為什麼不管你？」許呦問。

「之前妳本來就不喜歡我，現在我手都廢了——」

直到一雙乾淨的白球鞋落在視線裡，他才茫然地抬起頭。

接著一巴掌呼嘯搧過，打在臉上的清脆響聲在靜靜的病房裡顯得很大聲。

電視機裡重播的新聞結束了，謝辭被打得側過臉去，心裡想的卻是，女人怎麼都喜歡甩巴掌。

他媽也是，許呦也是。

不同的是，他被打得心裡一點火氣也沒有。

「誰說你手廢了？你有沒有一點常識？謝辭，你文盲啊！」聽他越說越離譜，她就控制不住騰然升起的怒火。

清脆的一巴掌，又那麼少見地發起了脾氣，把謝辭唬得一愣一愣的。嘴巴開開闔闔，就是說不出話來。

過了一會兒，許呦深呼吸幾次，穩住情緒才繼續說：「手筋斷了不能代表什麼，只要積極配合醫生治療，自己堅持復健就能慢慢好。」

「你要是一直這種態度，也沒有資格讓任何人喜歡，包括我。」她說。

§ § §

下午曾麒麟來看謝辭，看到他竟然握著筆，對著桌上的一張考卷魂不守舍地發呆。旁邊是一本翻開的數學課本——謝辭居然在研究數學公式！這是天降紅雨了？

曾麒麟表情詫異，搭著他的肩膀，「阿辭，你這是……」

謝辭頭也不抬，眉梢微挑，「把手拿開，別打擾我念書。」

曾麒麟那麼聰明的人，瞬間就抓到了重點，「許呦來看你了？」

謝辭立刻回：「關你什麼事？」

顯然是了。

被嗆了幾聲，曾麒麟也不生氣，反倒鬆了口氣，心裡多日來被壓著的罪惡感稍微輕鬆了些。

謝辭終於有了點活力，不像之前一問三不答。

也不知道許呦和謝辭說了什麼，讓他在短短一下午的時間，變化這麼大。曾麒麟有點疑惑，但是也不重要了，「你能想通最好，沒什麼比自己開心最重要。」

謝辭哼了一聲，慢吞吞地說：「你別和許呦一樣。」

第十六章

他們都以為感情永遠不會變，
以為以後的時間還很多，
可是明天發生的事，
誰又說得準？

晚上七點，面前的電視機又開始準時播放新聞。謝辭緊抿著唇，靜靜看著電視螢幕，腦海裡卻響起下午許呦對他說的話。

平時她幾乎不怎麼開口，普通話也不太標準。這次倒是破天荒，又氣又急地罵他，卻沒有任何嘲笑和鄙視。

想著想著，他就不由得笑出了聲。

傷筋動骨一百天，謝辭在病床上一躺就快一個月。右手雖然被刀刺穿，但沒傷到要害，恢復得還算良好。就是小腿骨折，被打上了厚重的石膏，吊得老高。

每天吃著青菜白粥，一天到晚動不了，搞得他渾身酸痛。

「我已經幫你辦好了轉學手續，家教也請了，你就休學一年，把傷養好。」謝冬雲放下手裡的報紙，看向躺在病床上吃蘋果的謝辭。

「我不要請家教，我要上學。」謝辭不假思索地說。

「不行！」謝冬雲眉頭一皺，搞不懂謝辭怎麼這麼固執，所以忍不住地對兒子發脾氣，「我說你別總是這麼任性，大人跟你說什麼都不聽，非要出了事你才安分！要不是你跑去跟別人打架，現在會躺在這裡嗎？鬧得那麼厲害，被學校退學了，你還有什麼資格跟我說不！」

「你好煩啊！」謝辭把遙控器一摔，「你就跟我媽一樣，什麼都不管我就行了！」

父子兩個人都是牛脾氣，一旁的助理擦了擦冷汗，出來打圓場，「謝總，阿辭還有傷，有什麼話好好跟他說。」

謝冬雲深呼吸幾次，「算了算了，你給我好好待著，過幾天我再來看你！」

看到自家老闆起身，助理也忙不迭地跟上去，轉頭囑咐謝辭兩句：「阿辭，你有什麼需要就跟護士說，打我電話也行。」

說了一大堆客套話，才跟著謝冬雲一同離去。

他們走之後，病房又安靜了下來。旁邊病床上的一個胖小子晃悠悠地從床上爬下來說：「哥哥，你剛剛為什麼要和爸爸吵架？嚇死我了，剛剛我都不敢講話了！」

這個胖小子是上個星期搬到謝辭隔壁病床的短暫「鄰居」，趁家長不在就喜歡跑來找他要吃的。

謝辭一陣氣悶，戳戳小胖的臉，隨手遞了塊餅乾過去，「要吃什麼自己拿，別煩我。」

「喔喔。」小胖低頭認真撕開包裝，蹦蹦跳跳地回自己的床，小口卻快速地吃起東西來。

他邊吃，還邊偷偷看旁邊病床上躺著的大哥哥。

那個大哥哥脾氣是不好了一點，可是長得很好看，怪不得很多人都慣著他。

——這是他聽好多護士姊姊偷偷說的。

等他長大了，減了肥，也一定要長這麼帥……

一顆蘋果，一根香蕉，幾袋餅乾。沒一會兒就吃飽了，小胖揉了揉鼓鼓的肚子，不久，小胖的奶奶從外面裝完開水進來。

「小胖啊！你怎麼又跟別人拿東西吃！」龔奶奶拍了拍自己孫子的背，聲音是嚴厲的，臉上卻有縱容又慈祥的笑意。

「謝辭，你不要老給他東西吃，小孩子愛吃。」龔奶奶笑咪咪地對謝辭笑。

謝辭無聊地翻著許呦留給他的筆記本，聞言抬頭「啊」了一聲，他不在乎地笑道：「沒事，反正我不喜歡吃。」

「謝辭哥哥的爸爸還有朋友都好好喔！」小胖有點羨慕，他們每次來都會帶好多好吃的。

「對了，哥哥。」小胖本來趴在床上寫作業，寫著寫著不耐煩就丟到一旁，又開始無聊起來，「那個姊姊什麼時候來找你啊？」

「什麼姊姊？」謝辭剛問完就反應了過來，除了許呦還有誰？

他側頭打量了小胖子一眼，狐疑道：「你問她幹嘛？」

小胖子拍拍旁邊的作業，「姊姊每次都教哥哥讀書，小胖也想要。」說著，他舉起手臂，「而且姊姊脾氣很好！」

謝辭被這胖小子氣笑了，幼稚地回了一句：「就不讓她教你。」

許呦通常會在週六下午抽空來醫院看他，謝辭一個星期就盼著這半天。結果不知道這個週末出了什麼事，等到晚上吃飯她還沒來。

謝辭心情糟糕，反覆看了手機很多遍，她一條訊息也不回。

旁邊病床的一家三口都到齊了，小胖子吊在爸爸的手臂上撒嬌。賢慧少話的母親、寬容親切的父親，幾個人其樂融融地說笑，一時間場面也熱鬧。

那種溫暖的氣氛讓人心裡都柔軟了起來，只是主角不是他。

謝辭這邊孤零零一個人，小胖媽媽也注意到了。她總覺得這孩子有種古怪的傷感，看著有點寂寞，於是主動搭話：「謝辭啊，你怎麼一個人？爸爸媽媽呢，怎麼沒來看你？」

謝辭身子一僵，從枕頭上滑下去，聽不出感情的聲音響起，「我爸媽早分了，各過各的，都不管我。」

「對不起。」小胖媽媽尷尬無比，連忙道歉。

她還想說什麼，謝辭一臉無所謂地道：「沒事。」

說完他就轉了個身，把頭枕在枕頭上，也不再說話。

這種事情他從小到大經歷太多了，如果每次都難過，他早就不用活了。

§ § §

「噓，小聲一點。」

許呦的聲音儘管很小，還是驚醒了本來就睡得很淺的謝辭。

他睜開眼就看到這麼一副畫面：許呦紮著低馬尾，病房裡開了空調，她脫了外套，只穿了一件白色長袖坐在他床邊。床頭邊的桌上還放著熱騰騰的豆漿和包子，許呦慢慢解開塑膠袋，側頭輕笑著和小胖子講話。

見謝辭醒了，她把手裡的東西放下，「你醒啦，要不要吃點東西？我帶了早飯。」

謝辭穿著白藍條紋的病患服，眼底血絲明顯，黑色的短髮亂糟糟的頂在頭上，一看就是昨晚沒睡好。

他看到許呦，第一反應是撇開眼，模樣老大不高興。

許呦莫名其妙，想了一會兒，她明白過來，解釋道：「你別生氣了，我昨天沒來是因為學校統考，今天才放假。」

她又是心疼又是好笑。

「我打電話妳也不接。」謝辭這才把頭轉過來，仍皺著眉質問。

大概是剛睡醒，聲音十分沙啞。

許呦懶得繼續和他爭，從抽屜拿出水杯倒滿開水，遞到謝辭嘴邊，一點一點餵他喝。

一杯水喝完，謝辭氣也消了一大半。

等謝辭吃早餐，許呦坐在旁邊看書。

他有個怪習慣，每天吃完早餐才去洗漱。

最近課程壓力很大，許呦每天讀到深夜，很多天都沒睡好覺了，加上一放假就過來陪謝辭，她精神不太好，眼底仔細一看已經發青，精神也很疲憊。

許呦看著密密麻麻的資料，眼睛一抬，就看到謝辭盯著自己。

撞到許呦視線，謝辭立刻閃開眼睛。

她覺得好笑，「你好好吃早餐，總是看我幹嘛？」

謝辭失了面子，又下意識逞強，「我現在看看妳都不行了？妳長得還沒我好看，怎麼不能看了？」

這又是什麼強盜邏輯？

看見許呦無語的模樣，謝辭忍不住翹起嘴角，一副欺負了人，得意洋洋的模樣，但緊接著下一秒，他的笑意就凝固住了。旁邊的小胖大聲一叫：「哥哥，你是不是喜歡這個姊姊？她來了，你心情就好好喔！」

許呦聽到後，搖頭失笑，看著小胖說：「你才幾歲啊，懂這麼多？」

謝辭把手裡包子一丟，「小屁孩胡說什麼，她是我女朋友，我不喜歡她，喜歡你啊？」

謝辭心裡想，我才不說我很高興，那就一點都不酷了。

明知道謝辭在跟小胖開玩笑，許呦還是覺得幼稚。他都這麼大了，和小孩子爭什麼？

「對了，我今天去拆石膏，借了一台輪椅，等等妳推我去下面公園溜一圈。」謝辭想到什麼似的，轉頭對許呦說。

她詫異，「這麼快？」

「妳不願意啊？」

「不是，今天外面有點冷，我怕你吹了風感冒。」

「我今天再不去溜一圈，人都要發霉了。」

許呦聽了發笑，「你又不是狗狗，幹嘛要用溜這個動詞。」

謝辭抬手掐她臉，「幹嘛，嫌棄我成績不好？」

大庭廣眾下動手動腳，許呦掙脫他的魔爪，有些羞惱地道：「不是，最近複習語文多了，下意識糾正你。」

早上陰風陣陣，下午醫院的花園卻陽光燦爛。

許呦推著謝辭沿著小路慢慢走，曬太陽。

最近發生了太多事，兩個人都沒好好待在一起過。許呦恍惚了一瞬，等她回過神來時，才發現謝辭一直看著她。

「怎麼了？」她問。

謝辭頭揚了揚，「去前面長椅那裡坐坐。」

她打算扶他起來，被謝辭一擋。他蹦蹦跳跳地站起來，「我是骨折，又不是殘疾。」

「活該。」許呦忍不住嘮叨，「那麼喜歡打架，你不會跑啊？為什麼跟他們硬碰硬？」

「我還是不是男人了，跑個頭啊。」謝辭笑嘻嘻。

等兩人在木質長椅上排排坐好，許呦吸了口氣，享受著被陽光曬在身上的溫熱。

「對了，我忘記跟妳說了，我爸要我休學一年。」謝辭狀似無意地跟許呦提起這件事。

許呦點點頭，「那你好好休息，別再出去惹事了。」

「那我要當妳學弟了。」謝辭不爽，他是很認真地在擔心這個問題。

許呦笑咪咪地安慰他，「沒關係啊，學姊到時候高考完，免費幫學弟補習。」

「喲，妳現在還會占我便宜了，許呦。」謝辭突然湊到她眼前，親了許呦嘴唇一下，「那我也要占妳便宜。」

「……有毛病。」許呦的臉皮終究比他薄，捂住嘴瞪了他一眼，「你別動不動嚇我。」

謝辭有點鄙視自己，在這個應該向女朋友乖乖認錯的時刻，他卻只是覺得許呦發脾氣的樣子好可愛，控制不住地心猿意馬。

兩個人鬧了一會兒，許呦顧及他的身體，始終沒狠下心推開他。

「對了，你的手怎麼樣了？」她退開一點問。

謝辭敷衍道：「沒什麼大不了。」

看他不想繼續說，許呦就沒再問。被太陽曬在身上懶洋洋的，她有點睏了，身體也放鬆下來。

他們坐的這一處很安靜，沒太多人，偶爾有風吹過。

不知不覺間，她就那麼睡了過去。

§ § §

等許呦醒過來，天色已經有一點暗了，不知道睡了多久。許呦慢慢睜開眼，脖子痠痛。

她的頭還枕在謝辭的肩膀上，眼睛一抬就迎上謝辭含笑的眼。反應過來後，許呦立即彈開，臉唰地一下紅了。

謝辭將她的窘迫盡收眼底，笑得更歡暢了，「終於醒了？」

「你怎麼不叫我？」

「叫妳幹嘛？反正又叫不醒。」

許呦：「……」

知道她個性單純，禁不起逗，謝辭忍住笑，咳了一聲，若無其事地轉移話題。

許呦咬住唇，替他捶了捶肩膀，「你是不是傻？我睡這麼久，你直接把我叫醒啊。肩膀不疼嗎？」

看她真的內疚了，謝辭一本正經地說：「噯，妳聽聽妳說這什麼話，把妳叫醒是個男朋友該幹的事嗎？妳覺得我幹得出來嗎？」

「……」

其實也沒許呦想的那麼難受，謝辭被她枕著肩膀，一低頭就能看見她乖巧安靜的睡顏，瞬間就覺得什麼都沒關係了，又疼又享受。

「許呦，妳知道我剛剛在想什麼嗎？」謝辭突然開口。

許呦還在幫他捶肩膀，嗯了一聲，「想什麼？」

他掐著她的下巴，讓她的頭轉過去。

——不遠處有黑色的鐵欄杆，公園外面是一個公車站。

「看到剛剛過去的三路公車了嗎？」他問。

她莫名其妙，謝辭伸了個懶腰，手順勢攬上她的肩膀，語氣輕鬆自然，卻不顯得隨意輕佻。

「這是去我家的公車，妳剛剛睡覺的時候，已經經過四輛了。」

「每一輛經過的時候……」他頓了一下，湊到她耳邊，用很低的音量小聲呢喃：「我都想把妳叫醒，然後帶妳回家。」

§　§　§

送謝辭回病房後，許呦獨自回家。

晚上吃飯時，許志平突然問：「妳最近放假在幹什麼，動不動就跑出去？」

陳秀雲正在吃飯的動作一頓，許呦的背後冷汗瞬間冒了出來，她握緊了手裡的筷子，還沒想好怎麼回答，許父就已經跳到下一個話題，「對了，你們這次月考成績出來沒有？妳是全學年多少名？」

「成績還沒貼出來，我不知道。」

接著又問了幾個關於在學校、學習方面的問題，許呦都一一回答了。

坐在一旁的陳秀雲突然開口問：「對了，你前幾天不是說工程款撥下來了嗎？錢呢？」

許志平一拍桌子，「妳怎麼總惦記這種事？等等再說不行嗎？」

陳秀雲不想在許呦面前吵架，勉強咽下心裡的悶氣才心平氣和地開口：「我媽最近身體不好，住院……」

「妳媽都多大年紀了，怎麼治不都——」

「爸！」許呦猛地扒了幾口飯，突然拔高聲音打斷許志平，「以後你別說這種話了。」

許志平臉色變了，「什麼叫我別說這種話？妳一個小孩懂什麼！」

陳秀雲不再多說什麼，收拾碗筷起身，然後徑直走回房間。

§　§　§

北方的冬天總是來得格外地早，一場場雨下完，氣溫急速降低。

出不了門的謝辭只能待在家裡養傷，因為天氣冷，還沒恢復的傷口時常抽痛，搞得他更加煩躁。

他的個性坐不住，趁著家裡阿姨出門買菜，索性自己偷偷溜到大街上晃。

晃了半天，想不到找誰玩，就直接去了一中校門口。附近店家的老闆大多都認識謝辭，他隨便找了一家奶茶店坐下，打電話讓宋一帆翹課出來陪他。

很久沒看到謝辭了，宋一帆也很興奮，兩人瞎聊了半天。

「對了，謝哥！告訴你一個好消息唄！」宋一帆突然想起什麼，一拍大腿。

謝辭無精打采，眉頭一皺，抽了宋一帆腦袋一巴掌，「別瞎喊，什麼謝哥。」難聽得要死。

「嘖，跟你說正事呢！」宋一帆從口袋裡掏出一張體檢表，啪地一下打開，遞給謝辭，「瞧瞧。」

「什麼玩意兒？」

宋一帆很自豪地道：「你兄弟我要去當飛行員了，你知道嗎？還是戰鬥機，帥炸了。」

謝辭翻了翻單子，不敢置信地盯著宋一帆，「我靠，你很厲害嘛。」

「那還用說。」宋一帆翻了個白眼，手指比了個數，「我們學校就兩個。」

飛行員每年來學校招生的時候，體檢都是最嚴格的。儘管宋一帆喜歡鬧事，不過幸運的是他跟的是謝辭，跟他一樣養成了一身嬌氣的毛病：打架很少親自動手，除非誰真的惹了他。一旦打起群架，兩人都站得遠遠的，生怕別人碰到他，這才沒在身上留什麼疤痕，不然第一輪就得被刷掉了。

「你不知道，現在班上那幾個老師天天念我，要我好好學習，別浪費這麼好的機會，把我都快念怕了。還天天在班上說，要所有同學監督我，要我別打架鬧事，把自己弄出傷來。一天要說十幾遍，他以前帶過的一屆學生，有一個就是飛行員體檢過了，結果跑去踢足球，搞得骨折了，最後樂極生悲——」

宋一帆話本來就多，越說越起勁，最後猛地反應過來。他小心翼翼地瞧著謝辭的表情，生怕不小心戳到他的痛處，「阿辭，你怎麼不說話啊？你看我這一個人說也挺尷尬，對吧？」

謝辭單手撐著腦袋，用手指一下一下地彈著玻璃杯，「你說唄，我聽著。」

「我都說完了。」宋一帆摸摸腦袋，「你好像情緒不太對勁啊？」

自從謝辭出院後，宋一帆總覺得越來越摸不透他。

「許呦呢？你最近見過她嗎？」謝辭問。

「見過啊！我們碰到過好幾回，她還老找我問你情況呢。嘖嘖嘖，我之前還說你倒貼得太誇張，現在看看，其實人家還是很擔心你的。」

「我女朋友不擔心我，擔心誰？」謝辭臉上終於有了點笑，用勺子攪了攪杯子裡的水，過了一會兒才漫不經心地說：「什麼叫我倒貼，許呦只是喜歡我喜歡得比較內斂，你們這群沒經歷過的懂個屁。」

宋一帆被噎著了，「行行行，隨你說隨你說，你開心就好行不行？」

§ § §

最後一節課是生物課，老師習慣性地晚下課。在下課鐘響起的前一分鐘拿出考卷，說要講一道遺傳學大題。

雖然班上學生心裡不滿，可都這種節骨眼了，誰也沒開口抱怨，不過心裡怨念肯定少不了。

許呦陪余藝去腳踏車棚推腳踏車，再出校門，一路都聽著她喋喋不休地吐槽：「妳說生物老師是不是心機太重了？明明知道快下課了，每次都拖時間。我都計算好了，學校門口有個紅綠燈要等八十秒，只要他晚下課，我就不能按照正常計畫回家吃飯、寫題目、睡午覺……」

許呦說：「現在每個老師時間都很少，能講一題是一題。」

余藝突然問許呦：「妳寫完了幾套題庫？」

許呦專心看路，聽到問題後想了幾秒，老實道：「我最近狀態不好，課外沒寫多少，以前的不記得了。」

余藝小聲道，彷彿在講祕密一樣，「妳知道嗎？許星純不是坐我旁邊嗎？我看他基本上從來不寫題目，也沒有什麼課外的資料，就上課聽聽，寫寫老師出的作業。」

許呦沒有回答，她就繼續說：「就這樣還次次考學年第一，怎麼有這麼厲害的人？雖然看起來有點高冷，但是妳問他題目，他每次都能讓妳把題目理解得特別快，一下切中要害。」

許呦知道余藝不是嫉妒，而是很崇拜這種聰明型的學神，便什麼也不說，默默聽她講，當個合格的聆聽者。

女生的傾訴欲總是很強，和她之前的室友陳小一樣，但陳小很喜歡告訴她的是八卦，例如今天誰在追誰，誰和誰對上眼了，哪個高年級學長喜歡哪個班的學妹。

陳小不太看得起同年級男生，對弱不禁風的書呆子學霸不屑一顧。她總是對高年級的有種莫名的好感和崇拜，並且一直覺得「男生不壞，女生不愛」是至理名言。

不過無論是哪種，許呦都聽得無聊，就在心裡自己想起人生哲學。大概所有女性，無論年齡大小、性格如何，都會下意識地崇拜和仰視有權威和力量的男性吧。

「許呦，妳的話好像不太多耶。」余藝拉住許呦的手，「每次我們倆在一起，好像一直是我在說，都沒怎麼見過妳說話。」

「是嗎？」許呦低聲說：「我不知道要說什麼，也沒有什麼有趣的事情。」

其實許呦並不是多害羞的女生，只是從小到大給人印象就是如此。在別人眼裡，她一向內向安靜，這種類型的女生，就連很調皮的男生也不會輕易去招惹，同時女生緣也不會太好，所以許呦完全不知道該如何跟朋友深入交談，或者分享生活趣事。

直到轉來這裡，遇見了謝辭。

許呦突然想到他，好像只要跟謝辭在一起，她就會被他氣得不自覺說很多話，有時候甚至還會口不擇言。

「妳看那邊，好像有人在叫妳。」趁著許呦發呆，余藝頂了頂她的手臂。

許呦啊了一聲，順著她指的視線望過去。

真的是，說人人到。

校門旁邊的花壇旁，幾個男生女生正站著講話。那幾人的打扮透著不符合年齡的成熟，都是年級裡「有名」的人，成群站在一起很顯眼。

許呦一眼就看到了靠在欄杆上的謝辭，大冷天依舊穿著夾克，裡面一件藍T恤，雖然出了太陽，可還是冬天，那樣穿看著都冷。

旁邊的人在跟他講話，他卻手插著口袋，一直心不在焉地低著頭，偶爾抬頭看看學校門口。

「噯，好像是謝辭他們，好久沒在學校見到他了。」余藝小聲地說，不敢讓別人聽見。

禍從口出，議論別人還是小心一點好，何況是這群喜歡抽菸打架，一般人惹不起的不良分子。

之前一中和二中的事情雖然鬧得轟轟烈烈，可是隨著時間過去，也沒多少人再談起。

他們這一屆裡，好像真的沒有不認識謝辭的，包括余藝這種沉迷學習的好學生。

許呦又看了謝辭幾眼，他終於也發現了她，立刻撥開身邊那一圈人，抬腳就往這邊走。

那幾個人也止住了話，視線隨著謝辭，有意無意地往這邊打量。

謝辭隨意搭上許呦的肩膀，低頭看了看她，又笑吟吟地看向一旁的余藝，「妳朋友？」

他低聲問。

「嗯。」許呦把肩上的手拿下去，仰頭問：「你怎麼來了？」

「許、許呦，我趕著回去，那我就先走了。」似乎是被這突如其來的情況嚇到了，余藝目瞪口呆地看著他，道別完匆匆推著車離開。腳步一步快過一步，像逃離般地走了。

謝辭嘆氣，「妳朋友怕我啊？」

等在那邊的人也陸續走了過來，一個高年級男生的視線在許呦身上停了一下，又移到謝辭身上，「阿辭，你女朋友？」

「是啊。」謝辭挑了挑眉，揚起嘴角，一副得意的模樣，就差直接張開說：我女朋友好看吧。

高年級男生眉梢一挑，「你一向最能泡小女孩。」

「滾滾滾。」謝辭笑罵。

和朋友寒暄完，謝辭又攬上許呦的肩膀，「我陪她回家，走了啊。」

等他朋友走遠了，許呦這才問：「你怎麼來了？」

「順路晃過來的。」走了兩步，他覺得姿勢不舒服，又改握住她的手。

「你身體還沒好，還穿這麼少？」許呦任由他牽著。

「沒事。」謝辭捏了捏她的手，笑了笑，「妳見到我不開心啊？笑一個唄。」

他總是這樣，什麼事都像不在乎。

許呦掙脫開他的手，一圈圈卸下脖子上的毛線圍巾，踮腳幫謝辭圍上。

「你的手快把我冰死了，還說不冷。」

謝辭一本正經地說：「妳突然對我這麼好，受寵若驚了啊。」

許呦默不作聲地瞪著他。

「不行，我得獎勵獎勵妳。」謝辭仗著個子高，勾過許呦的脖子，對嘴唇啵了一下。

他的吻順著她的唇遊移到臉頰，輕輕嗅了嗅，「妳早上搽了什麼？」

許呦側身避開他，謝辭笑了笑，卻沒有像從前那樣跟上去。

「我用青蛙王子的香香，蘆薈味。」許呦有意無意地瞟了瞟他。

謝辭低垂著眼睛，隨意踢開路邊一顆石子，有點冷的風呼呼吹動他柔軟的黑髮。

「香香？」聽了她的回答，他轉頭看許呦，湊近了點，「香香是什麼東西？」

「香香……」許呦煩惱地皺著眉，「就是擦臉的面霜，這你聽不懂嗎？」

兩人都有意識地放慢速度走著，再經過一家理髮店，他們就要分開了。

「又是家鄉話。」謝辭不知道想到了什麼，「你們那邊方言挺可愛的，妳有小名了沒？那我以後就叫妳香香怎麼樣？」

「不怎麼樣，很土。」

「寶寶呢？」謝辭逗弄她最熟車熟路了，張口就來。

「……」

「那我叫你什麼？」

「許呦。」

「那多見外。」謝辭突然伸手，把自己冰涼的手貼上她溫熱的脖子，「妳不告訴我，我以後就叫妳香香。」

「謝辭！」許呦驚呼，躲開他的手，「冷死了。」

「香香，妳剛剛還心疼我穿得少，這臉變得也太快了吧？果然是女人心海底針啊。」

「……」

謝辭看她臉色，笑著隨口又問：「是吧，香香？」

「你才是香香！」許呦被氣死了，抬起手肘推開謝辭，氣沒消又打了幾下。

謝辭邊笑邊躲，咳了聲，任由她在身上亂捶，「好好好，我是香香，我錯了，那妳告訴我妳的小名唄？」

這個人怎麼總是想什麼說什麼，失語了很久，許呦終於妥協，用很小的聲音說：「我們家那邊的親戚都叫我阿拆。」

「什麼拆？」

「拆開的拆。」

聽到這個名字，謝辭低聲重複了一遍，視線偏移，「喔……阿拆。」

察覺到他認真凝視自己的模樣，許呦忍不住心一跳。

§ § §

自從那天以後，每天放學時謝辭都會晃過來，然後送許呦回家。

他本來就是一中的話題人物，天天這麼明目張膽地堵在校門口，身邊還圍著一大群人，想不惹人注意都難。

余藝和許呦家順路，本來每天一起回去，但因為謝辭的原因，余藝只能另外找人同行。

雖然她不是個八卦的人，但是說不震驚肯定是假的。

起初余藝還把話憋在心裡，忍了幾天，終於在體育課找到機會，拉許呦去操場散步，順便談心。

「妳怎麼會和謝辭在一起？也太不可思議了！」

她們私下關係不錯，所以余藝直接問了出來。

這個問題被人問了太多次，許呦連表情都沒怎麼變化，很簡單地解釋：「我們以前是同學。」

「同學？可是你們倆……」

「怎麼了？」

余藝不說話。

許呦也不問，她被風吹得有些冷，把羽絨衣的帽子戴上，靜靜盯著遠處藍色且空曠的天空。乾淨得沒有一絲雜質，只有風淺淺地勾勒雲的形狀。

兩人並排走在塑膠跑道上，經過單槓、鐵欄外的籃球場，享受高三難得的清閒。

「就是覺得奇怪，我以為妳應該很理智，不會在謝辭這種浮誇的男生身上浪費青春。」余藝老實說。

「浮誇？」許呦聽到這個形容詞，先是想笑，又覺得不太合時宜，於是問：「妳為什麼會覺得他浮誇？」

「難道不是嗎？」余藝嘴一撇，不禁開始回憶。

沒分班之前，她是五班的，她的教室在第二樓，正對著食堂。食堂旁邊的超市有一條小路，旁邊種了很多樹。由於位置隱蔽，所以很多學生喜歡去那裡幹壞事，尤其是男生。

但是從五班走廊上看那個位置，基本上能看個七八分清楚。

有時候第一節下課做完操，總有一群男生成群結隊晃晃悠悠地去那裡蹲著抽菸。大多都是年級裡的混混，裡面也包括謝辭。

她那時候的前桌同學暗戀了謝辭很久。每次都會故意拉她去走廊站著，只是為了能夠藉此看他一眼。

她會觀察他打球的姿勢，記錄他穿過什麼外套、T恤。

就連謝辭騎單車的背影、他和身邊朋友打鬧嘻笑的樣子，她都記得一清二楚。

所以說前桌是個很矛盾的女生，明明嘴裡說著謝辭的諸多缺點，卻在撞見有女生攔下謝辭表白時，會回教室的座位上趴著偷哭。

儘管知道他是什麼樣的男生，她還是小心翼翼地喜歡著他的一切。

所以如今許呦和謝辭在一起，余藝一方面覺得太不可思議，另一方面又覺得許呦實在不太理智。

靜靜聽完余藝說完前桌同學的事，許呦沉默了一會兒。

走到轉角的地方，許呦突然開口：「我以前在書上看到過一句話。」

「什麼？」

許呦想了一會兒，「我喜歡並習慣對變化的事物保持距離。」

「只有這樣才明白，什麼是不會被時間拋棄的。」許呦出了神，盯著前方慢悠悠地說，語氣很淡，像是在回憶什麼，「比如愛一個人，充滿變數。於是我退後一步，靜靜地看著，直到看見真誠。」

余藝聽得雲裡霧裡，無法理解地搖頭。

「喜歡一個人，你可以是自由的。」說完這句話，許呦笑了笑，什麼也不再說。

§ § §

到了寒冬，氣溫降到零度。許呦所在的班是年級衝刺班，每天晚自習老師都要拖很久。

儘管謝辭住的地方很遠，但他仍舊每天都會把許呦送回去，然後再一個人頂著漆黑的夜空，慢悠悠地沿路返回。

只不過每次再見都很難說出口，謝辭總是不願意離開。

高三寒假前，外婆的身體持續惡化，父母把她接到臨市這邊比較好的醫院治療。但是人終究老了，醫院那邊已經下了幾次病危通知，讓家屬準備好後事。

家裡父母越來越頻繁的爭吵、學校裡越來越密集的考試，加上巨大的學習壓力都讓許呦覺得越來越累。

不過許呦很少對謝辭說這些事情，從少年時期開始，她就是那種有什麼事都會默默忍耐的個性。

元旦放假前一天，謝辭和往常一樣陪著許呦回家。

他們停在路邊聊了一會兒，大多數時間是謝辭說話，許呦沉默地聽著。

「阿拆？」謝辭喊她的小名，用他一貫不正經的腔調。

「嗯。」她回應。

「我走了。」

「好。」

「不表示什麼？」

許呦踮腳親了親他的側臉，「拜拜。」

謝辭彎腰，回親了她一下這才滿意地離開。看著謝辭走遠，許呦轉過身，往社區裡走。

「妳剛剛在幹什麼？」熟悉的聲音從旁邊傳來，許呦僵立在原地，像是在寒冬被人迎面潑下一盆冷水。

出事了。看到父親的臉色，她不用猜就知道完了。

許志平面色鐵青，死死咬著牙，「我在外面給妳個面子，妳跟我回家。」

許呦跟在父親身後，緩緩上樓的時候，心裡慢慢想對策。

「回來了，你怎麼了？」陳秀雲等在門口，看許志平不太對勁，問了一句。

「妳自己問許呦！」許志平把門猛地推開，進了屋。

許呦低著頭，跟在父親身後推門進去。剛把鞋脫了，一個東西就擦身而過，摔在後邊的門上。

許志平神情激動地在客廳站著，猛地拍了桌子，對許呦大吼：「妳給我跪下！」

許呦一聲也不反駁，順從地跪下。

陳秀雲瞬間明白了是怎麼回事。

「妳還在和那個男生聯繫？」陳秀雲不敢置信地拔高聲音。

看許呦臉色發白，卻死死不出聲，陳秀雲深深吸了口氣，「妳太讓我失望了，許呦。」

「妳早知道了還不告訴我，她就是被妳慣成這樣的！」許志平把氣出在陳秀雲身上。

許志平在屋裡來回踱步，越來越憤怒，質問道：「談戀愛，這是談戀愛的時候嗎？妳怎麼這麼不懂事！」許志平對許呦拍拍自己的臉，「妳自己不要臉，但是妳爸爸媽媽的臉都被妳丟光了，妳知不知道！」

許呦臉色雪白，死死咬住唇，一句話也不反駁。

「算了算了，她下午還要上學，晚上回來再說吧，吵到鄰居也不好。」陳秀雲坐在一旁，手撐著額頭，看著許呦的模樣又於心不忍。

「護護護，妳還護！！還不是妳教不好，她和男生談戀愛妳也不告訴我，妳看看妳把她慣成什麼樣了！」許志平又衝著陳秀雲發火，「妳天天就想著妳媽，什麼時候操心過這個家！現在好了吧，許呦成什麼樣子了？」

高三談戀愛，在普通家庭眼裡就是死罪。尤其這件事發生在許呦身上，在許呦父母眼裡是完全不可理喻的。

許志平已經完全被憤怒沖昏了頭腦，口不擇言地罵：「妳天天跑醫院，什麼時候管過許呦？妳媽也活不了多久了，錢還不要命地往她身上花。」

陳秀雲聽到這段話立刻火了，和許父吵起來，「什麼叫我天天想著我媽？許志平，你有沒有一點良心？當初你身無分文，要不是我媽給了我們一千塊，許呦生得下來嗎？許呦從小到大又是誰帶在身邊養？你現在恨不得我媽死，你就是個禽獸！」

「我忍了這麼多年，你又給過這個家什麼？每次都說接工程，接來接去，一筆錢都到不了手裡，好不容易這次有二十萬，結果你又借給你上司買房！人家要是有能力還錢，為什麼不去銀行貸款，來找你借錢！你自己老婆和女兒住在出租屋裡，還要受房東的氣，你在外面大大方方地借錢，到底是誰不顧家？」

許志平一向大男子主義，哪聽下這種話，當下就對陳秀雲動起手來。

陳秀雲一直在哭，口裡還在罵：「算了，我不活了，跟我媽一起去死了算了，反正許呦也不聽話，我活著幹什麼？」

場面太亂了，許呦事後也想不起來當時自己說了什麼，做了什麼，大概就是一直跪著。

§ § §

「許呦，妳快寫作業啊，妳發呆快半個小時了。」同桌小聲提醒她，許呦這才回過神，不好意思地笑了笑，把筆拿在手裡，心不在焉地讀題目，心裡卻繼續想著怎麼解決家裡的事情。

「許呦，妳出來一下。」頓了頓，班主任在走廊上轉了一圈，欲言又止地看著她。

許呦前腳剛剛踏出教室，同學們後腳就開始議論。

「是不是學校又有保送名額了？」

「有可能。」

「我看王班天天喊這些成績好的出去談話，八九不離十是了。」

教室外，王夏冬皺著眉告訴她：「剛剛妳媽媽說醫院打電話來，妳外婆快不行了，要妳去市中心的醫院。」

如同一道晴天霹靂，讓許呦瞬間不知道如何反應。

有時候老天爺實在不講道理，幾乎是所有的打擊都在一夕發生，也不管人能不能承受得住。

許呦守了外婆一夜，老人的眼睛半開半閉。外婆的意識有時清醒有時模糊，想起來就跟許呦講兩句話。

「阿拆啊……」

「我在，阿嬤。」許呦趴在病床上回應著，她握著外婆的手，動了動唇，忍著哽咽說：「阿嬤，妳好好睡一覺，明天起來就好了，阿拆陪妳睡。」

按照老家那邊的習俗，家屬要把老人的舊衣脫下。陳秀雲為母親擦身體，親自為她換上壽衣，口裡絮絮叨叨地說：「媽，妳安心點，許呦她懂事的。」

阿嬤像是在微笑，囈語道：「我知道，阿拆聽話……阿嬤等著阿拆考上大學了，阿嬤還要煮綠豆粥給我的阿拆喝……」

「好，我一定考上大學，阿嬤妳放心。」

守在旁邊的晚輩們都忍不住撇過頭，心裡卻都知道老人大概熬不過今晚。

許呦的眼淚蓄在眼眶，顫巍巍地掉下來，不敢哭出聲。

已經燈枯油盡的老人，面容乾癟蠟黃，操勞一生的雙手粗糙枯瘦，乍看有些駭人。許呦卻一點也不怕，她只是害怕天亮得太早，她就要永遠告別阿嬤了。

外婆還是沒能熬過當天晚上，天濛濛亮時咽了氣。陳秀雲失聲痛哭，許呦的姨媽在一邊安慰她。

家裡人聯繫了殯儀館，有條不紊地開始料理後事。

外婆死了，晚輩要守孝三天。

那幾天家裡情況很亂，許呦晚自習請了假，去靈堂前跪幾個小時，儘管身心俱疲，卻還要強撐著去學校上課。

每天跪那麼久，她的身體其實已經撐不住了，只要站久一些就會兩腿發軟。

許呦託宋一帆告訴謝辭，她家裡出了一點事，要他以後別來等她一起回家。其實她不是想刻意避開謝辭，只是不想在這種節骨眼上給家裡添亂，但是習慣這種東西，真的很可怕。一個人走回家，許呦偶爾會有孤單的感覺。

日子在備戰高考中備受煎熬，接近春節，時間一天比一天緊張。

那段時間後來想起來，特別難熬，卻又過得特別快。

某天晚自習，許呦一直咳嗽，突然覺得腹痛難忍。

這一個月她壓力太大，加上睡眠不足，平時宮寒也沒調養，月經來就疼得死去活來。

許呦單手捂住肚子，將頭埋進手臂裡。她趴在桌上，旁邊的同桌關切地打量她，「妳看起來好不舒服，有沒有事？」

許呦擺擺手，下腹突然狠狠一絞，疼得她咬住了嘴唇，「我請假出去買點藥，如果晚上要考試，幫我把考卷放進抽屜。」

辦公室裡，王夏冬看她臉頰蒼白，沒有一絲血色，立馬開了一張假單。

「怎麼回事？妳自己能回去嗎？要不要同學送妳，還是打個電話給妳父母？」

許呦雙手拿過假單，對王夏冬鞠了個躬，「不用了，我自己出去買點藥，謝謝老師。」

「那好。」

王夏冬是男老師，也不好說太多，他放下手裡的筆，「妳一個人小心一點。」

出了學校，走一步都是煎熬。許呦小腹間更覺難受，疼得快要胃抽筋。

那天晚上下了小雪，路上很滑。

幸好藥局離學校不遠，她勉強快支撐到藥局門口，一個沒忍住，終於撐著一棵樹低頭蹲下來吐。

胃裡酸水直直往上湧，許呦難受得眼冒金星，連旁邊經過的路人都不禁側目。

她握緊拳，額角冷汗直冒，全身一點力氣都沒有。正在這個時候，有一隻手牢牢扣住她的手腕。

謝辭彎腰，半拉半扯，讓許呦借自己的力量站起來。

他皺著眉擔心的模樣映入她的眼簾。「你怎麼在這裡？」她白著臉，緩了一口氣才問。

謝辭半架著許呦，她的肩膀被他摟住，兩人去藥局買止痛藥。女醫生穿著白袍，看許呦丟了半條命的樣子，去一旁飲水機幫她倒了一杯熱水，「妳經痛這麼嚴重，平時肯定一點都不注意調理吧？」

謝辭還在，許呦被醫生這麼直白地問，臉不禁泛起微微的紅。

看她不好意思說話，醫生又問一旁的謝辭：「你是她男朋友？」

許呦臉皮薄，謝辭的臉皮卻厚得很，他笑了笑說：「是啊。」

「身為男朋友，要注意照顧女生。」

謝辭笑得更開心了，又不敢表現得太過明顯，只能點頭，「知道知道。」

止痛藥的藥效很快，腎上腺激素分泌被抑制，許呦過了一會兒就恢復如常。

小雪沒停，紛紛揚揚地飄滿了整個城市。許呦和謝辭沿著馬路慢慢走，誰都沒開口說話。

他穿著白色外套，藍色牛仔褲，褲腳捲起來，下面是一雙黑色板鞋。頎長高挑的身材，面容俊秀，很吸引路人的視線。

經過街角的第一個路燈，許呦終於轉過身。

旁邊商店放著王菲的音樂，漫不經心的女音揉雜著霓虹燈。旁邊的車輛從他們身邊呼嘯而過，許呦說：「你不用陪我了，早點回去吧。」

謝辭不動聲色，「妳最近怎麼了？是不是出了什麼事？」

「是出了一點事，」她的頭髮被風吹得有些亂，「所以最近不能和你見面了。」

「什麼意思？」謝辭有些不知所措，隱約感覺到了她的隱瞞。

黃澄澄的路燈為許呦的身形鍍上一圈光圈，素淨的臉因為光照而顯得柔和，只是眼角眉梢有褪不去的疲憊。

「我們的事，能等我高考結束了以後再說嗎？」許呦低著頭，感覺指尖冰涼。

雖然構思了無數種說法，可是面對面站在他面前，多餘的話她卻一句都說不出來。

「妳的意思是說要跟我分手。」他平淡地陳述。

「不是。」

他一直不說話，許呦率先轉身離開，一步步走遠，在離十公尺的地方又停下。

她沒能如願離開，謝辭從後面拉住她的手。他的手心滾燙，出了汗，許呦隱隱能感受到他在發抖。

「我知道妳高三，學業很重，我不去打擾妳，還不行嗎？妳別跟我說什麼以後，我不喜歡聽。」他像是在說服她，更像是在說服自己，「又沒什麼兩樣，反正——」

許呦什麼也沒說，轉過身，上前一步緊緊抱住謝辭。

她抱得很緊，讓謝辭突然僵住，大腦一片空白，動都不敢動。

許呦身高只到他的肩膀，謝辭甚至能聞到她髮梢散發出一點點茉莉的洗髮精香味。

又是一陣靜默。

她說：「你等等我吧。」

不知不覺間，許呦越來越在意謝辭，什麼事情都會考慮他的感受，在意到她甚至不想把父母的事情說給他聽。

只有這一句沒頭沒腦的話，謝辭卻什麼都沒有繼續問，只是答應道：「好，我懂了。」

那個時候，許呦不知道，謝辭也不知道。他們都以為感情永遠不會變，以為以後的時間還很多，可是明天發生的事，誰又說得準？

§ § §

回到家裡，許父坐在沙發上抽悶菸，陳秀雲坐在一邊的椅子上也不出聲。

他們看到許呦回來，許父先開口：「你們老師剛剛打電話給我，妳身體怎麼了？」

許呦眼睛也不眨，一邊說話一邊脫鞋，「我肚子疼，就去了藥局買藥。」

「什麼不舒服，怎麼沒跟我們說過？」

看到母親還紅著的眼眶，許呦心裡不知道是什麼滋味，她知道父母肯定剛剛又為自己吵架了。

「沒什麼事情，就是月經來了，老毛病。」

許父確認她沒大礙以後放下心，這些天第一次對她放軟語氣，「我知道妳課業很重，但身體也不能不注意。」

晚上，許呦坐在書桌前開始寫考卷，身後的門嗞地一聲輕響，陳秀雲走了進來。

她聽到動靜放下筆，卻沒抬頭。

陳秀雲在床尾坐下後問：「妳現在沒和那個男生見面了吧？」

「嗯……」她答得很勉強，「媽，妳不用擔心我了，我會掌握好的。」

頓了頓，許呦又說：「妳也別因為我的事，總跟爸爸吵架。」

房間裡安靜良久，只聽得到陳秀雲重重的嘆息聲，「妳總是不信大人的話。」

「其他事我都能不追究，但是絕對不能高考前談戀愛。」陳秀雲扶了扶額頭，覺得太陽穴抽痛，「媽媽現在身體越來越差了，妳現在是我唯一的支柱，要是妳……妳別忘記妳答應了妳外婆什麼。」

「我記得。」

「要是我再看到妳和那個男生在一起一次，我拿妳沒辦法，那我就自己去死了算了，連自己女兒都教不好，我還活著幹嘛？」

「媽！妳說這種話幹嘛？妳瘋了？」許呦急得站起來。

陳秀雲看著她的眼睛，繼續說：「許呦，妳別讓媽媽失望，以後別跟那個男生見面了。」

「妳今天就答應我。」母親逼著她。

良久，許呦咬緊唇，點點頭。

她終於妥協，也不得不妥協。

第十七章

那以後，妳就自己好好的。

高三寒假，說是寒假，其實也一個星期的假期，放學生回去陪家人過個年。

初一走完春，許呦就在家裡待著。

因為父母要回老家替老人掃墓，許呦的時間寶貴，父母就沒帶她去。

她一個人在家，拿了鬧鐘定時間寫題目，寫累了就去睡一會兒。

接近下午時，許呦這才覺得肚子有些餓。她跑去廚房準備自己煮碗麵吃，打開冰箱才發現裡面什麼東西都沒有了。

沒辦法，只能穿好衣服出門採購。

昨夜下了一場雪，此時還沒融乾淨，雪地靴踩上去發出咯吱的輕響。

從社區門口出來，寒風凜冽，吹得耳朵很冷。許呦把護耳戴好，又戴上手套，等著馬路對面的紅綠燈。

綠燈亮了，許呦隨著身邊的腳踏車和電動車往對面走，身後突然有人喊她名字。

她腳步沒停下，只是頓了頓，左右張望，發現沒人叫她。

正當許呦以為自己出現了幻聽，毛茸茸的護耳突然被人扯下來。

許呦的頭反射性一轉，看到謝辭就站在身後，低著頭，手裡把玩著她的護耳。

「你怎麼在這裡！」她驚訝地叫了出來，接著開心的情緒在蔓延，心裡像有小鼓錘在敲。

謝辭看著她，淡淡地說：「我一直在等妳。」

兩人過了馬路。許呦欲言又止，謝辭靜靜地看著她，「今天下午有時間跟我去玩嗎？」

「我……」許呦心裡掙扎，猶豫。

「就今天一天。」

看到他雖然如往常一般，什麼表情都沒有，但眼裡明顯有些失落，許呦還是沒能把拒絕的話說出口。

也許是天公作美，太陽也從天上冒了出來，雖然沒什麼溫度，但讓人看著暖洋洋的。剛過完大年三十沒幾天，臨市街上的店鋪大多都開了門。

謝辭牽著許呦的手亂逛，他今天反常地少話，經常看著她走神，不過許呦沒有太在意。他們故地重遊，去了之前謝辭曾經帶她去過的夜市。那裡白天有一條美食街，也有娛樂攤位。許呦沒吃飯，胃口異常地好，買了很多吃的拿在手裡。

「妳是不是小豬啊？吃得比我還多。」謝辭故意取笑她，換來一記怒瞪。話是這麼說，可他每次都搶在她前面付錢。

穿梭在擁擠的人潮裡，許呦嘴裡嚼著紅棗，還拿著一杯鳳梨粥喝，她眼睛四處亂瞄，想看看有沒有好玩的東西。

驀地一回頭，發現謝辭仍舊看著她，模樣很專注。許呦慌了一瞬，害羞地移開視線，心裡默默腹誹。

她有什麼好看的，總盯著看幹嘛……

「嗳，許呦。」走著走著，謝辭突然停下來，拉著她去了一個射擊攤位前。

他似乎很感興趣的模樣，問了老闆價錢，隨便拿過支架上的槍，對著氣球一陣狂射。子彈很快就被打光，木板上的氣球卻沒破幾個，一邊圍觀的都：「……」

這個小夥子的操作好像出了一點問題。

謝辭本人卻渾然不在意，一點也不覺得丟臉，他把槍放下。

「妳還記不記得以前妳套圈圈，送了我一隻熊？」似乎是又想起了許呦當時的模樣，他笑出來，聲音不自覺低下來，「今天我還想要一個。」

許呦默默放下正在喝的東西，邊估算著氣球的距離邊問：「想要什麼？」

正在裝彈匣的老闆手一頓，抬頭看著面前這對奇怪的情侶，笑著道：「小夥子，你怎麼能靠女朋友呢？」

謝辭啊了一聲，沒覺得有什麼不對，而是一本正經地回答：「靠女朋友挺好的。」

另一邊的許呦什麼也沒說，已經選好了槍，她抬起手臂瞄準，對準氣球。

她神情專注，靠在一邊的謝辭嘴角噙著笑。

啪啪——

啪啪——

啪啪——

老闆看著木板上不斷減少的氣球漸漸瞪大眼，幾乎是百分之百的射中率，一顆子彈都沒浪費。

真是人不可貌相啊……

謝辭順利地選到自己想要的熊，他左手牽著許呦，右手抱著白色的娃娃熊，走在街上很引人注目。

他們逛遍了臨市大半個城市，謝辭甚至帶她去一家小店喝了櫻桃酒。

許呦第一次喝那種酒，只覺得又辣又酸甜。濃厚熱烈的味道，給她的印象之強烈，以至於很多年以後都忘不了。

銀鱗鱗的月光下，路邊地上的小燈發出溫柔卻微弱的光芒。

謝辭送許呦回家，他們十指交握，漫無目的地聊天。

「許呦，以後妳要考哪間大學？」

「不知道，我沒想好……應該是申城吧，你呢？」

「妳去哪裡我肯定去哪裡啊，夫唱婦隨嘛。」

許呦：「你是不是性別搞反了？」

他笑了，「妳懂我意思就好。」

社區近在眼前，兩人慢下腳步。謝辭鬆開許呦的手後說：「眼睛閉上，手伸出來。」

「什麼？」

她一愣神，看到謝辭從口袋裡捏出一串極細銀色的手鏈，「生日快樂。」

「啊？」許呦看著攤在手心的東西，雖然有些出乎意料的驚喜，卻更多的是不解，「可是今天不是我生日啊。」

「提前幫妳過了嘛。」謝辭雙手插回口袋，退開兩步，「當作我給妳的回禮。」

「妳今天開不開心？」

許呦點點頭。

謝辭眼睫垂下，掩蓋住所有的情緒，小聲地說：「那就好。」

「許呦。」他又喊她名字。

許呦認真地回應了。

「那我以後就不來找妳了，妳好好準備高考。」他像往常一樣輕輕地笑著。

這不像是他會說的話，所以許呦心裡總覺得奇怪，不知道為何，聽出一種傷感的味道。

她默不作聲，看他滿不在乎的笑容，把手鏈緊緊捏在手心裡，「那你等我？」

「好。」謝辭答應。

他傾身，在她唇邊輕輕落下一個吻。

那以後，妳就自己好好的。

§　§　§

高三下半學期開始，時間就像坐上了火箭，倒數計時牌上的天數肉眼可見地減少。

許呦的成績很穩定，每次都在全學年前十名，是穩上清華北大的幼苗。

她正常上學，正常放學，生活沒什麼波瀾。

只是許呦永遠記得那個星期一，升完國旗後，一個關於謝辭的八卦消息悄然流傳整個年級，幾乎人人都在討論。

第一次聽到這個消息，許呦整個人都呆住了，怎麼都不相信自己聽見的。她很長一段時間，都一直懷疑這個消息的真實性。

那種不祥的預感越來越強烈，許呦甚至連課沒顧上，直接去七班找宋一帆。

他們站在走廊上，許呦急切地問：「他們家到底出了什麼事？謝辭去哪裡了？」

「之前難道沒告訴妳？」宋一帆愣了愣，猶豫了一會兒後告訴她，謝辭父親出了事，他已經離開了臨市。其他的無論許呦怎麼問，他都不肯多說。

許呦還處在震驚和不敢置信的情緒裡，抖得渾身打顫，「他什麼都沒說嗎？」

宋一帆似是不忍心繼續看她表情，「說了。」

「謝辭說他等妳。」

聽完這句話，許呦的心像是失重墜落到了地上，摔得四分五裂。

到最後，謝辭連「我們分手吧」都沒說，就突然完完全全地消失在許呦的生活中。

那段時間，許呦徹底斷絕了和謝辭的聯繫，她總是整夜失眠，常常會想起不告而別，突然失蹤的謝辭。這種想念也不能和任何人傾訴，只能靠自己一點點忍過去。

就算是在學校，許呦也沉默得可怕，常常能一整天一句話都不說。她又恢復到以前的模樣，很少和別人交流，只埋頭寫題目。

也沒有誰再像謝辭一樣，故意惹她生氣，惹她難受，惹她開心。

偶爾想起他，許呦會忽然恍神，懷疑謝辭是否存在過，又或者他是否只是自己的一場夢。

她想，只要過去了，現在遭受的一切都是值得的，什麼不堪都是可以忘記的。

只要過去就好了。

只要過去了，她就可以假裝誰都沒有離開，什麼都沒有發生過。

後來的日子，好像也沒有什麼了。許呦就像真的什麼也沒發生過，很平靜地度過每一天。

手機被鎖到櫃子裡，沒了期待。

在校園裡還是能偶爾遇到宋一帆他們幾個人，裡面卻再也沒了他的身影。

偶爾有一天做完操，有幾個女生買了優酪乳和零食，從許呦身邊經過，邊走邊聊。

「唉，好像好久沒看到謝辭了……」

一個人小聲地說：「……妳居然不知道……」

她們越走越遠，直到連身影都看不到，許呦還站在原地。

高三過得實在太快，每個人都很忙碌。教室門口，樓梯上，到處都貼著紅色勵志語錄。從統考開始，再到百日誓師大會，第一次模擬考、第二次模擬考、第三次模擬考。

許呦的話越發地少，成績越發地拔尖，她聽父母的話，聽老師的話，沒有再去碰競賽。

她告訴自己，別回頭，別去想，不論遇到什麼困難都要堅強。

那時候每一晚的夜，都是安靜的。

最後一個星期，倒數計時板上，終於只剩下鮮紅的七。高三的教室要當高考考場，布置考場的時候，牆壁上的所有東西都被貼上白色紙張。

老師留人下來打掃，教室裡灰塵飛揚，有人不小心被嗆著，咳著就咳出了眼淚。

高一高二的學生放了假，他們搬去了高一新建的教學大樓，在操場的另一邊。

教室走廊前有一條河，對面是一片剛長出來的草地。

高考前，每一層樓的樓梯走廊上都擠滿了高三學生，用書頁折成的白色千紙鶴滿天空地飛，有的落在河裡，順著飄走。有人衝著遠處吶喊，引起一棟樓的笑聲。

許呦穿過人群，揹著書包進教室，找到新的位置坐下來。這是靠窗的位置，有一點陽光能灑進來。

班裡喧囂嘈雜，她低著頭收拾書本，身邊突然站了一個人。

許呦抬頭，看到邱青青手裡拿著一張同學錄，她搖了搖手，俏皮地問：「能幫我寫一張嗎？」

邱青青把紙放到許呦桌上。

「啊，好。」許呦小聲地答應。

邱青青就站在她身邊，等她寫完。

「許呦，其實我挺羨慕妳的。」邱青青像突然想到了什麼，一下子笑出來。

「什麼？」

「謝辭啊。」邱青青的聲音很輕鬆，似乎已經放下了，「我之前其實挺難受的。」

許呦瞬間握緊筆，臉上的血色盡數褪去。

邱青青盯著許呦恍惚的模樣，聲音很低。

「直到後來，我看見謝辭和妳談戀愛的模樣，才知道他從來沒有喜歡過我。」

§ § §

高考前一天下午的教室，空蕩蕩的。課桌上凌亂地堆著書本，放著水杯，黑板上有人用粉筆潦草地寫了一句歌詞。

你總說畢業遙遙無期，轉眼就各奔東西。

畢業快樂。

六月七號、六月八號，一晃而過。

英語考完的那場鐘聲響起，所有考生湧出各個考場，每個人臉上都是輕鬆的神色。

熬了十二年，寒窗苦讀，終於在這一刻解脫。

許呦拎著一瓶水，拿著文具，順著人流走出學校。

一切都結束了。

成績出來後，老師最先打來電話恭喜。臨市兩個並列的理科狀元都在一中高三零班，許呦就是其中一個。當時她在臥室裡收拾東西，陳秀雲握著電話走進來，滿臉喜色地告訴許呦這個消息。沒過多久，親戚都知道了這件事，紛紛祝賀。陳秀雲和許爸爸坐在客廳，一個個地撥電話，家裡的氣氛很久沒有這麼和諧快樂了。

後來的事情，許呦記不太清楚了。那天很累，她洗了個澡就直接入睡，躺在床上，心裡什麼都沒想，腦袋裡也放空一片，一覺就睡到第二天接近中午。

陳秀雲看她起來，放下手裡的工作，笑著問了句：「要吃什麼，帶妳出去吃嗎？」

「媽媽，我去廚房下一點餃子，下午有點事要出去。」她說。

陳秀雲皺眉，「妳好不容易考完了，吃點好的啊，吃餃子幹什麼？」

許呦說：「突然有點想吃。」

餃子被放在保溫盒裡，許呦帶著，出了社區門口，隨便上了一輛環城公車。

車子很顛簸，她的頭靠在玻璃窗上，眼睛看著這座城市的每一個角落。

旁邊有個老爺爺問：「小女孩，妳怎麼了？」

「啊，我沒事，就是丟了個東西。」許呦話說到一半，眼淚就先掉了下來，她手忙腳亂地用手背擦掉。

老爺爺呵呵笑了一聲，「唉……丟都丟了，就別哭了，說不定以後還能找回來。」

車子搖搖晃晃地駛過大街小巷，有穿著短褲歡笑地跑過的兒童，有賣東西的小販，夏日的熱風吹在每個人身上。

許呦坐在位置上，低頭把餃子一個個用勺子舀起來，放到嘴裡，吃著吃著就哽咽了。

她低下頭，一邊流淚一邊吃東西。等車到終點，東西應該也吃完了，她就會忘了他。

§ § §

其實還是會常常想起他，只是她會克制。

高中畢業的聚會上，謝辭也沒有出現。

許呦過著平淡且毫無新意的大學生活，後來，她跳級保送研究生，不顧家裡人的反對，堅持選和本科系不相關的新聞系。那天她和父親大吵一架，一個人在大雨滂沱的公園長椅上坐了一天。

也是那一天，她又想到謝辭。然後那一天，她突然發現學校裡最喜歡的那幾隻流浪貓再也沒出現過。

於是許呦很平靜地哭了一場，放任自己想謝辭。

她和謝辭的事，總覺得太久遠了。久到記憶都蒙了一層灰，自己都有點記不清了。

總以為自己忘記了，可是提著熱水瓶去茶水間，偶爾路過籃球場，甚至坐在早餐店裡，一個人安靜地吃完飯，和穿著白色球衣的男生擦身而過的瞬間，總是回憶起他。

腦海裡只要一有念頭，就抑制不住地蔓延開來。

那段放不下的日子，有時候也會想去找他。可是想多了就難受，然後就強迫自己不再去想。

直到和他沒見面的第四個年頭，許呦大學本科系畢業，她站在藍天白雲下的綠草茵上。

那天陽光正好，她才知道，他就像高三那年的夏天，走了就再也不會回來。

不論她過得好不好，有沒有忘記他，謝辭都不會回來。

從一開始，她就不該有不切實際的念頭。

她不該，不該跟自己較真這麼多年。

也有過最難熬的日子，她甚至打算接納別人的感情，看了心理醫生。曾經嘗試過，也努力過很多回。直到有一天晚上，付雪梨打電話給她說要出國了，問她回不回臨市。

付雪梨掛電話前說：謝辭也來了。

那天她剛從圖書館念完書回寢室，掛了電話後，坐在宿舍旁邊的花壇上。沒有燈，她就在一片漆黑中發了許久的呆，遠處宿舍亮起的燈一盞盞暗下來。

宿舍的阿姨在催，宿舍要關門禁了。

許呦才回神，淚水早已毫無知覺地淌了滿臉。然後，她才恍然大悟。原來任憑她怎麼努力，還是不行。就算騙自己過得很好，也不行。

和他有關的一切，她連聽到都覺得心痛。是她太傻。世界上的喜歡，哪有這麼簡單。後來許呦遇到一個學長，他跟她說過，為感情墮落的人都是廢物，所以許呦一直記著。溫柔但是不妥協，許呦就這樣不慌不忙地過著屬於自己的生活。自己的生活，沒有謝辭的生活。

§ § §

「後來呢？妳和妳初戀怎麼樣了？」

尤樂樂盤腿坐在床上，興致勃勃地追問。

「什麼怎麼樣？」許呦側著頭，舉著吹風機，五指抓住髮絲搖晃。

「妳和他還有聯繫嗎？」

過了幾秒，吹風機的轟鳴聲戛然而止，許呦起身，拔掉黑色的插頭。

「沒了。」

「一點都沒有？」尤樂樂刨根問底。她要不是聽許呦親口說，實在想不到這個看起來那麼乖巧的室友，還有過這麼一段轟轟烈烈的青春時光。

「嗯……有吧，也算有。」許呦頓了幾秒才回答，「他寄信給我過。」

她上大學的時候，經常收到從各個地方寄過來的明信片。

她認識謝辭的字，有時候明信片上有用黑色鋼筆寫的幾句簡單的話，有時候一句話也沒有，只有一片空白。

要是論感情經歷，尤樂樂絕對比許呦豐富太多，可是能讓她留下深刻印象的真的沒有。她忽然想起什麼似的，恍然大悟：「我就說追妳的人也不少，怎麼都沒看妳過談戀愛呢，不會是這麼多年還忘不了那個人吧？」

沒等許呦講話，尤樂樂就若有所思地感嘆：「唉，怪不得……有句話叫什麼來著？年輕的時候，不能遇見太驚豔的人，對吧？」

「……」

「我們咖啡廳最近剛好要辦個初戀的主題活動，感覺妳可以帶著這個故事去參加了，身為老闆的我可以把妳內定成第一，心不心動？」

許呦不想再繼續這個話題，所以她說：「我明天要出差了，妳晚飯自己解決。」

「又要出差？！」

尤樂樂宛如聽到噩耗一般倒在床上，仰天嘆息，「妳們報社怎麼這麼忙？三天兩頭出差……」

「最近事情有點多。」許呦拿起一旁的筆記本，查看工作郵件。她按住滑鼠，往下拖了拖。

尤樂樂看許呦工作得這麼認真，識相地沒再繼續打擾。她在床上滾了一圈，拿起手機和男朋友聊微信。

這邊，許呦忙了半天，才發覺肚子有些餓。

「我去廚房下點麵，妳吃嗎？」她闔上電腦起身，轉頭問尤樂樂。

尤樂樂的視線從手機上移開，瞅了她一眼，「這麼晚了，妳又誘惑我。」

冰箱裡的食材不多，兩人的口味都是偏清淡一點。許呦考慮了一會兒，拿出兩個雞蛋。

尤樂樂放了手機，靠在料理檯邊，看許呦細細地切蔥。

有了空閒，兩人有一搭沒一搭地聊著。

「蔥花雞蛋麵？」

「嗯。」

「口水都快流出來了。」尤樂樂嘿嘿笑了一聲，「妳這手藝，以後老公有福了啊。」

鍋裡的水開始咕嚕咕嚕地冒泡，許呦分出神看了一眼，吩咐道：「把麵下進去。」

「對了，妳什麼時候回來？」尤樂樂送了一筷子麵進口裡，被燙得口齒不清：「嘶，有沒有醋？」

許呦把手邊的醋遞給她，「後天吧，我開車去，不遠。」

「妳的車上次不是出問題了嗎？修好了嗎？」

「沒事。」許呦三兩下先吃完，起身收拾好碗筷，「我去睡了，妳也早點睡，吃完放到桌上，明天我起來收拾。」

「等等，等等！」尤樂樂喊住許呦，「話沒講完呢！」

「什麼事？」

尤樂樂實在按捺不住好奇心，「妳還沒回答我呢，妳這幾年不交男朋友是不是因為忘不了妳初戀啊？」

許呦左手端著水杯，光腳踩在木質地板上，微微皺眉。她知道如果今晚不解決這個問題，按照尤樂樂的性格，以後會追問她千百遍。

「妳想問什麼？一次性問完。」

「其實你們分手，我還是不太明白是他甩妳，還是妳甩他？」

「這很重要嗎？」

尤樂樂用筷子戳了戳麵條，「不是啊，我就是很好奇，妳當初那麼乖，怎麼就和他在一起了呢？是不是初戀通常都特別難忘啊？不然妳為什麼現在還放不下？妳什麼時候發現，他其實對妳特別重要呢？」

「他……對我？」許呦靠在餐桌邊，似乎在回憶，好半晌沒出聲。

如果一定要拉扯出和他有關的那段時日，謝辭對於她，或許就是年少時候一段敘述不了，到後來也忘不了的人生插曲。

非要她講出因果，也說不說具體的來。

估計是因為，當時是確確實實地喜歡著他吧。

至於後來……

「我也不知道，大概是後來遇到的男人，都沒有他帥吧？」許呦帶著笑，半真半假地回答。不過喜歡這種事情，誰又說得準。

過了這麼多年，許呦也想過，她當初為什麼會喜歡上謝辭。喜歡到就算他不告而別，她也可以獨自一人支撐這份愛戀那麼長一段時間。

「許呦，想不到妳看起來這麼脫俗，還是個顏控啊。妳這大放厥詞的，有沒有照片？」尤樂樂皺鼻，配著那一團亂糟糟的短髮，顯得很古靈精怪，「妳知道嗎？有個朋友跟我說，一般忘不了初戀的人內心都很焦慮，怪不得妳是個性冷感。」

許呦佯裝生氣，瞪了她一眼，「妳才是性冷感。」

§ § §

早上起來刷完牙，許呦看著鏡子裡的自己，動作一頓。發了一會兒呆，她彎下腰接了一捧涼水拍到臉上，在腦海裡想，過幾年了……

要抹去一個人存在的痕跡，到底需要多久？一年，兩年，還是三年？六七年夠不夠？或許要更久……

為什麼又提起他？許呦拿起放在一邊的柔軟毛巾，閉起眼睛覆在臉上。

昨天晚上在便利商店買東西，她隔著玻璃，看到窗外靠著一個穿黑色夾克和T恤的男生在抽菸。身後的馬路車流不息，霓虹燈漸次亮起。

只一秒的時間，回憶就猛地撞進腦海，寂寞像是突然席捲了全身。許呦想到前天晚上坐在KTV，朋友拿著一罐啤酒，坐在她身邊唱歌。

你閃耀一下子

我眩暈一輩子

謝辭啊，也不知道他有沒有照顧好自己黑色的眼睛，和挑剔的胃。

§ § §

許呦要去出差的地方，開車一個多小時就能到。

她檢查好東西，留了一張紙條給尤樂樂就出門。車開到路上，正在等紅綠燈，放在包包裡的手機響起來。

她一邊接起來，一邊按下車窗。

微涼的風吹到臉上，讓人稍微有了精神。

打電話來的是和她一同出差的張莉莉，兩人隨便說了幾句話。綠燈亮起，許呦就掛了電話。

不過真的被尤樂樂的烏鴉嘴說中，車子快上高速公路時，儀表板上的故障燈卻亮了，不知道哪裡傳來異響。

許呦不敢再開太遠，心驚膽戰地放緩車速，隨便到附近找了一家4S[3]店停下。

不知道今天是什麼日子，店裡人特別多。

看到許呦進來，一位工作人員上前來，「小姐您好，有什麼需要嗎？」

「我的車壞了，能現在幫我修一修嗎？」

「不好意思，小姐，您有預約嗎？」

「沒有……」

「是這樣，我們今天店裡很忙，抽調不出人手，您能等一會兒嗎？」

「要等多久？」

工作人員露出為難的表情，「嗯……這要看情況。」

許呦抬起手腕看錶，點點頭，「那算了吧，我今天下午有事……時間比較趕。」

剛轉身，就被一個驚喜的男聲叫住。

「──噯噯噯，等等！！」

許呦轉頭，看到一個有些陌生的男人，快步往她這邊走過來。

「許呦？」那個男人激動地喊出她的名字。

看許呦一臉茫然，明顯記不得他是誰的模樣，那個男人更加激動了，大聲地介紹自己：「學霸！我是李小強啊！妳還記得我嗎？以前跟妳同班的啊！」

「……」

「真的一點印象都沒有？」

「……」

雖然還是想不起來，可是許呦看他那副樣子，卻忍不住笑了出來。

她笑得極淺，稍稍抿起一個弧度。

站在一旁的店員笑呵呵地說：「原來您是老闆的同學啊。」

「乾站著幹什麼？去幫客人倒杯水啊！」李小強催促。

許呦一聽，急忙擺手，「不用啦，我還有點事，修好車就要走了。」

「妳的車怎麼了？」李小強殷勤地說：「不然這樣，妳把車留店裡修，我請妳吃個飯？」

「你店裡挺忙的吧？我下午還要出差，先去找個地方修車，等回來了再聯繫行嗎？」

「沒事沒事，我們店裡可以──」話說到一半，李小強的話突然止住。

隔了半晌，他又開口：「對了，妳趕時間的話，我帶妳去附近一家店修，他們應該不忙。」

李小強口中的店不遠，許呦車子有問題，不敢開太快，就心驚膽戰地跟在那輛黑色的賓士後頭。

轉過幾個路口就停了下來，許呦把車停好，打開車門下車，打量面前的修車店。

連個正式的招牌都沒有，外面的牆壁上隨意用黑色油漆噴了幾個X和Y。大門處的捲門拉下一半，裡面都是灰色的水泥地，牆也沒有粉刷，倒像一個廢棄倉庫改造的修車廠。

許呦跟在李小強身後，四處打量。

頭頂的幾個大風扇在呼啦呼啦地慢慢轉，進來了才發現裡面位置其實很大，說兩句話似乎都有回音，四處隨意停放著的都是許呦不認識的各種改裝車。

剛走沒兩步，李小強的手機就響起來。他的手機鈴聲是鳳凰傳奇的「奢香夫人」，音量特別大。他看了一眼來電顯示，快步走到旁邊接起來。

許呦一個人站在原地，百無聊賴地四處張望。心裡暗暗疑惑……這個修車廠，怎麼連個出來接待的員工都沒有？

正想著，旁邊有兩個人拉開一道門走出來。其中一個男人穿著很講究，西裝褲和尖頭牛皮鞋。他雙手插在口袋裡，戴著一副黑色墨鏡，和這裡格格不入。

走了兩步，陸悍驍停住腳步，對著身邊的人說：「喔，對了，再做個粉色的烤漆。」

「好的，陸總。」那人頷首。

「然後後照鏡鑲圈水鑽。」

「……」

陸悍驍微微低頭，把墨鏡滑到那一截挺直的鼻梁上，眼睛斜過去，「叫你們這裡手藝最好的老師傅。」

「……」那個人的表情有點僵硬，「陸總，不好意思……我們這裡的人都挺年輕的……」

「啊？」

陸悍驍皺眉，「那叫你們老闆弄行嗎？」他不敢出錯，這車是送給他家小女孩的，只因她無意中提過一句，在學校門口看到一輛很好看的粉色敞篷車。

後來有一次吃飯，和朋友提起這件事。朋友一拍大腿，跟他說：「跟你推薦一家店，好像有點遠，我挺多玩賽車的朋友都喜歡在那家店修，不過好像很不容易約到。」

「我們老闆通常不弄這種車……得看心情。」

陸悍驍笑了，又繼續往前走，「還看心情，你們老闆年紀不大，脾氣倒不小啊？好吧，到時候我來拿車，弄好一點啊。」

許呦默默往旁邊移了移腳步讓他們過去，她靜靜地待在一旁，直到有人上前來詢問。

「小姐妳好……妳是要？」

許呦急忙說：「喔，我來修車，你們有時間嗎？」

「修車？」那人像是被噎了一下，「門口停的那輛奧迪A4？」

看他有點震驚的表情，許呦感到莫名其妙，「啊……對，你們這裡不修車嗎？是我朋友帶我來的……」

「呃……修倒是修，但是我們……」

「能修能修，什麼車都能修。」

旁邊有人猛然打斷兩人的對話，李小強掛了電話快步跑過來，恨鐵不成鋼地對那個男人道：

「阿力啊，你在這裡說什麼廢話呢！」

在關鍵時刻出錯！

阿力被拉到一邊。

「強哥，怎麼回事啊？」

李小強的眼睛裡滿是期待，「辭哥人呢？」

他已經迫不及待地想看看謝辭見到許呦會是什麼反應，等等乾脆掏出手機拍下來，傳到同學群組裡。

「應該還在睡覺吧，不過快起來了。」

「又熬夜了？」

「不清楚。」

「你現在去把他叫出來，就跟他說，不出來後悔一輩子。」

「認真的？」阿力摸不著頭腦，走之前又問了句：「說得這麼嚇人啊？」

「嚇不死你。」

阿力突然福至心靈，看了那個白白嫩嫩的女人一眼，「這個，辭哥認識啊？」

「何止認識，你動作快點。」李小強催促。

阿力一路上都在腦子裡思索。他上去二樓，剛準備敲門，門就被人從裡面拉開。

出來的男人滿臉倦容，臉色不太好。他唇間含著一支剛點燃的菸，眼睛狹長漆黑，不過眼底陰影很重。

「辭……辭哥。」阿力退開一步，「強哥說下面有個人你認識。」

謝辭漫不經心地揉了揉頭髮，他叼著菸，雙手撐在欄杆上，含糊不清地問：「在哪裡？」

「喏。」阿力指了個方向，「在A9區那塊站著呢。」

然後，過了幾秒。

阿力看著自家那個平時一向波瀾不驚的老闆，臉色突然變了。

許呦趕時間，不由得拿起手機又看了看時間。剛按開螢幕鎖，張莉莉的電話又打來。

不知道是那邊有點吵，還是訊號不好，說話的聲音聽不太清楚。

「妳在哪裡？我聽不到。」許呦移動腳步。

似乎是換了個地方，那邊聲音忽然清晰響亮了許多。張莉莉問：『妳到西安了嗎？』

「沒有，我還在修車，車突然壞了。」

『那這樣吧，我去接妳，人我剛剛已經約好了，晚上到了一起吃個飯？』

「等等，我先看看車能不能修好。」

她這幾年因為工作，不論去什麼地方都會下意識地四處打量，然後記下細節。

這裡明顯不是普通的修車廠，分為兩層。沒過多的裝飾，泛著油漆味，修理工具隨意擺放著，牆壁是最簡單的白色，像是廢棄工廠改裝的。

鐵門大開著，有幾個吊燈垂下。放眼望去停的都是名車，但這個修車廠裝修得真樸素。

她分出心神想。

3 4S店：集汽車銷售、維修、配件和訊息服務為一體的銷售店。

第十八章

這麼多年，許呦其實早就無望，
只是前幾天偶爾和朋友又提了幾句，
但是真的沒有想過還會遇上謝辭。

察覺到謝辭的異樣，阿力不知道是什麼滋味。他默不出聲地在一旁等，看謝辭到底什麼時候回神。

他的腦海裡晃過樓下那個女人的面容，剛剛近距離看過，年紀應該不大，未施粉黛的一張素臉，五官秀美。

也不是滿大街的錐子臉，而是很古典的鵝蛋臉，反倒有種說不出來的乾淨氣質，嗓音也是又低又柔。

不過先前就有雜七雜八的傳言，說謝辭這幾年身邊為什麼一直沒有女朋友。

一開始大家都以為是謝辭隨意慣了，不喜歡被人管。

但是隨著時間推移，許多人到後來才發現謝辭好像真的對女人不感興趣。

他家裡有錢，什麼都玩得起，加上長相俊秀，經常有不少人旁敲側擊打聽過他喜歡什麼類型的。

不過大家都知道得不確切，亂七八糟的說法一大堆，但狐朋狗友一起總結出來一個，就是謝辭特別喜歡那種安靜溫柔的女人。

安靜？溫柔……

阿力的腦子裡突然靈光一閃。

「辭哥，」旁邊有人快步過來，三十歲左右，臉上一臉無奈，「早上送到華運那邊的車退回來了。」

謝辭聲音很低，明顯心不在焉，眼睛看著別處，「為什麼？」

「他們要重新噴顏色。」

成飛也有點無語，那個華運的總裁看起來話不多，沒想到毛病卻不少。他們那邊的員工過來，說他們陳總女朋友不喜歡噴的顏色，送回來要改。

要不是看他們來頭大，他當時差點脫口吐槽：要不要把陳總女朋友的照片噴在車上啊？

不過底下的人也難為，說他們老闆要哄女朋友，除了顏色，座椅也要調整，睡起來不舒服。

「毛多。」謝辭把未抽完的菸扔到地上，隨意評價了一句。他垂眸踩了踩，眼瞼下像是有陰影，「找人去弄。」

「對了，阿力。」謝辭轉過頭。

「嗯？」

「別讓她走了。」語氣很淡。

這個「她」是誰，阿力不敢多問，只能了然地點點頭。

他吩咐了一句，就快步回房。一掃平時懶懶散散的模樣，連背影都顯得迫不及待。

房門半開，隱隱約約能看到房間裡全是亂扔的衣服，地上滾落了幾個空酒瓶。

謝辭進房間後，緩了一口氣。

坐了一會兒，他看看桌上擺著的日曆，拿起筆，在今天的日期上劃了一筆，接著又開始發呆。

剛剛從背後看過去，許呦長高了，頭髮不長不短，剛好垂落在肩頭。

軟軟的，有點雜亂無章的可愛。

他隨口咬開擺在床頭櫃上的一瓶紅酒蓋子，仰頭往喉嚨裡灌了幾口。

§ § §

「你朋友這裡是不是不太方便？」許呦等了半晌，對身邊的李小強說。

雖然她平時對車不怎麼關注，可是那些一輛輛隨意擺放在低矮支架上的跑車，明顯都不是普通人買得起的便宜貨，而且這裡怎麼看也不像一個單純的修車廠。

不遠處，幾個男人坐在車前蓋上，抽著菸聊天。剩下的幾個或站或坐，一點都不像普通的勞力工作者。

因為前一段時間發生了一起頂級超跑衝進分隔島的事故，許呦有個同事去了現場，跟蹤報導。後來查資料寫新聞稿的時候，那個同事跟許呦提過一兩句，也在隨口感嘆。

有些富二代玩車出手太闊綽，出了大事隨便修一修都是百萬起跳。

許呦回憶了一些圖片，也終於搞清楚剛剛那個工作人員聽到她要來修奧迪的震驚模樣。

她看了許久未見的老同學一眼，「還是別麻煩你朋友了，等等我讓同事來接我。」

許呦和李小強道別完，就識相地打算離開這裡。

「怎麼了？妳不修車？」李小強以為她是在擔心價錢，解釋道：「沒事，妳先別走。價錢妳不用擔心，我和這裡老闆是熟人，給妳打個最低折，保證妳滿意。」

「不是價錢的問題，我現在有點趕時間。」

在她抬腳要走時，正好不遠處有個人急忙跑過來，攔住她。

「小姐，等等！」阿力抹了一把虛汗，遞了一張單子給許呦，「小姐，妳把這個填一下，我們現在就可以幫妳修，妳對車有什麼性能要求都可以提，保證讓妳滿意。」

「啊？不用麻煩了，我不是來改裝車的。」許呦連忙擺擺手，「我等等還有點事，下次再說吧。」

李小強看了阿力一眼，使了個眼色。

阿力再接再厲，熱情地道：「不是，主要是妳都來了，我們不能讓妳白跑一趟啊，是吧？」

「真的沒關係，我順路來的。」許呦無奈地笑了笑，看他年紀不大，隨口問：「你還在上學嗎？」

「我？我早就沒上學了，嘿嘿。」

「為什麼？你年紀還這麼小，家裡人呢？」

「我爸媽早就不在了，家裡就我姊，讀大學。」阿力摸了摸頭。

阿力的本名叫許力，以前是個小混混，父母很早就去世，親戚也窮。為了供姊姊讀書，他還去打過地下拳擊比賽，什麼都幹，醫院和警局都進去過。直到後來他遇上謝辭，讓他學了一門手藝養家糊口。

許呦意識到職業病又犯了，連忙止住話道歉：「對不起，我因為工作的習慣，所以多問了幾句，你別介意。」

「工作？」阿力眨了眨眼，看到許呦脖子上掛著的工作證，馬上反應過來：「原來您是記者啊！」

「嗯。」

「您叫許呦？」阿力提高聲音，「真巧，我也姓許！我們老闆說和姓許的都特別有緣，今天您修車，打折跑不了了！」

他嘴甜，把許呦逗笑了，「真的嗎？」

這又是什麼奇怪的緣分。

「對啊對啊，要不然這樣吧！」阿力追上去，殷切地說：「我幫您辦張年卡，價錢都好說。」

「……」

「八折您看可以嗎？要不然對折？都可以，看您高興。」

「……」

李小強無語地看著阿力，心想他們這裡的人什麼時候還求著幫別人修過車……

「阿力，你懂不懂事，還要什麼錢啊。你面前的這個小姊姊可是你們老闆的老同學呢，當初……」李小強不知想到什麼，立刻住了嘴。

他暗自懊惱……糟了……說漏嘴了。

不過幸好，許呦沒有聽得很清楚，她就聽到個同學。

李小強才鬆口氣，旁邊的阿力就大聲說：「原來你是辭哥以前的同學啊！怪不得！」

許呦一愣，臉側過去問：「……誰？」

「我。」

這麼輕描淡寫的一句話，熟悉又久遠的聲音，幾乎讓她認不出來。但是，只是幾乎。

許呦的後背一僵，聞聲迅速轉頭，猛地對上一雙漆黑的眼。

謝辭站在不遠處的車旁，雙手插在口袋裡，還是高高瘦瘦。他穿著藍色的圓領短袖，露出大半片鎖骨，也不知道在她身後站了多久。

說她內心沒有一點動搖是假的，許呦的大腦一片空白。那一刻，她似乎回到多年前，第一眼在九班見他時，金色的陽光落在桌沿，手裡拿著校服的他，停在她身側，玩世不恭地拎起草稿紙。

她反應慢了一下，一瞬間，居然分不清這是現實還是夢境。

「許呦……？」他喊出這個名字的時候，甚至緊張得咽了下口水，喉結微微滾動，然後兩人無聲地沉默著。壓抑沉悶的氣氛下，彷彿下一秒就要爆發驚濤駭浪。

察覺到這種不對勁的氣氛，阿力的視線在兩人之間來回轉，連氣都不敢喘一下。

沒過多久，謝辭先敗下陣來。他緊抿著唇，眼神狼狽，習慣性又抽出一支菸夾在手裡，卻發現手指在抖，根本拿不住。

旁邊都是人，幾個兄弟紛紛往謝辭和許呦身上亂瞄了一圈，笑道：「原來認識啊，怪不得阿辭剛剛看人家那麼久，我以為是見到美女後走不了路，一見鍾情了呢。」

有個詞叫什麼來著？

喔，對……恍如隔世。

「謝辭啊，好久不見。」許呦終於回神，像是想起了他。手指在手心裡狠狠扣了扣，臉上卻掛著笑，唇邊的梨窩淺淺的，「你頭髮還是黑的。」

聽到這句話，謝辭不敢動，眼眶都被這句話逼紅了一圈。

是不是有人說過——只有面對面見到那個許久未見的人，你才會發現自己的想念有多深刻，發現因想念而遭受到的難受有多真實。

許呦假裝沒看到他的神情，收了臉上的表情。她眼睛移開，朝謝辭點點頭，「那我先走了，以後有時間再說。」

她後退半步，轉身準備離開。

她沒辦法笑著和他像個普通朋友一樣風輕雲淡地寒暄，怕多說多錯，也怕自己控制不了情緒，所以下意識只想逃開。

「嘖嘖。」一個穿皮衣的男人，慢悠悠地地往水杯裡倒了點水，把菸摁滅在裡面，「終於看到了啊。」

旁邊有人小聲地問：「看到什麼？」

「還有什麼。」皮衣男扯起一邊嘴角，「宋一帆老跟我說的那個，不能和謝辭提的人。」

「說是什麼來著？」他在腦海裡回憶了一會兒，「只要他喝醉了，一提肯定會發瘋，誰也拉不住。」

話都說到這裡了，其他人也都懂了。

「什麼時候啊？這麼刻骨銘心。」

「高二？好像是，我聽說的。」

「阿辭年紀輕輕的，看不出栽得真早，怪不得。」

「好事啊。」一個人笑，「還以為他要單身一輩子了呢，心愛的女孩不是出現了嗎？」

走出修車廠幾十公尺外，許呦抬頭看了看天。烏雲壓頂，這裡接近高速公路匝道口，建築物不多，顯得有些荒涼。旁邊的樹枝被風吹斜，她深深呼吸，腳下像是灌了鉛。

許呦掏出手機，低著頭，站在路邊打了通電話給張莉莉，在微信上傳定位過去。

周圍靜悄悄的，風聲暗暗在嗚呼。漸漸地，有雨滴從樹葉上砸進泥地。

忽然間，一輛震天轟鳴的跑車擦身而過。許呦的頭垂得極低，臉頰兩側的髮絲甚至被風掀起。

她沿著空無一人的馬路走著，腦海裡也不知道在想什麼，漫無目的地等待經過的計程車。

大雨劈哩啪啦地下起來，讓人猝不及防。

前面不遠處有一處能暫時避雨的月臺，許呦走快了一些，等轉過頭的時候，謝辭已經離她只有十步遠。

許呦幾縷髮絲黏在臉頰上。她骨架纖細，渾身濕透的後果就是半棉麻的衣服全貼在肌膚上，身體曲線若隱若現。

她跺了跺腳，雙臂環抱自己，躲在僅僅一公尺長的玻璃屋簷下。

不遠處，謝辭就那麼靜靜地立在傾盆大雨中。

雨越下越大，直到雨水順著眼簾滑落，視線都快模糊了，許呦才問了一句話：「你要過來躲雨嗎？」

她的聲音很小，幾乎要淹沒在雨水裡。

謝辭一言不發，過了一會兒才搖了搖頭，「不用了。」

許呦不知道在看哪裡，或者哪裡都沒看，「謝辭，你這幾年好像沒怎麼變。」

「真的嗎？」謝辭躊躇，「我還是挺帥的吧？」

看她不說話，謝辭又故作輕鬆地問：「妳也沒變，過得怎麼樣？」

兩人像重逢的朋友一樣，平靜又普通地交談。

他終於也學會了成人那套寒暄的辭令，對她就像對待許久未見的老同學一般。

許呦心裡突然有些酸澀，不過什麼也沒說。

這麼空曠的馬路，怎麼都沒有計程車經過。風很大，把雨水都吹在身上，許呦的手指冰冷，緊緊握著口袋裡的手機。

突然間，哐啷一聲巨響，把兩個人都嚇了一大跳。旁邊立著的鐵皮招牌被大風捲起，就一眨眼的時間，猛地拍在只離許呦幾公尺的地方。

她反射性往旁邊躲，還好反應快，只撞到了肩膀。還沒站穩就被謝辭一把拉過去，踉蹌了幾步。

他的口氣焦急，握著她的肩膀一連問了幾句：「妳沒事吧？傷到哪裡了嗎？」

這麼親密的動作讓她覺得不自在。

許呦有點尷尬，退了兩步，和他保持了一點距離，「沒事，我沒事。」

謝辭馬上意識到，把手鬆開，「不好意思。」

「沒事。」她搖頭。

「許呦，對不起。」謝辭聲音是啞的，又重複了一遍。

他的道歉意味不明，所以這次許呦沒回話，可心底又忍不住泛起懦弱的傷感。

許呦喉嚨上湧起一陣酸苦，她深呼吸著說：「沒事。」

許呦忽然想起他們的學生時代，那時候她剛剛轉學去臨市。那是在夏天，又正是放學的時候，突然下了一場大暴雨，把她困在走廊上，抱著書等雨停。

謝辭就坐在離她不遠處的窗臺上，也是這樣陪著她。只是那個時候他的話很多，比現在多很多。

想到往事，她的心突然扯了一下。整理好情緒，她扯出一抹勉強的笑，應付著說：「你快回去吧，我等等還有點事，以後有時間……我請你吃飯。」

§ § §

李小強還在和阿力閒聊，餘光就看到謝辭從捲門外走進來。

他全身濕透了，衣服還滴著水，神色看著不太好。

李小強看了看時間，足足半個小時。他腹誹了一下，就看到謝辭徑直朝自己過來，伸出手，「把車鑰匙給我。」

李小強「啊？」了一聲，不明所以，還在打量謝辭的表情。

「許呦的。」他蹙眉，也懶得多說一個字。

「你把車開進來。」謝辭衝著阿力吩咐完，不出半分鐘就反悔了。

「算了，別動。」

他煩躁地抓了抓頭髮，跑上樓換下濕衣服。把身上清理乾淨了，又去撐了一把傘，去開許呦停在馬路上的車。

他們什麼時候看過謝辭這麼講究的模樣，一群人面面相覷。

有兄弟過來詢問知情人士李小強，「外面那輛奧迪，就是辭哥他的那個啊……」

話說到一半，李小強點頭如搗蒜，然後大家都懂了。

那輛普通低調的黑色奧迪緩緩開進來，在修車廠裡的正中央停下，和旁邊停放著的一輛輛頂級跑車格格不入。

車子熄了火，謝辭靠坐在副駕駛座上，很久都沒有下來，就坐在那裡發呆，不知道在想什麼。

最後李小強看不下去，打開車門準備喊他。

車上有一股香皂混合了茉莉的清香，女人的味道。

還沒等他說話，謝辭的眼睛就看過來了，他眉頭擰起，「手移開，別碰。」

李小強扶著車門的手一僵，「好好好，我不碰行了吧。」

後來謝辭開始修車，有人要過來幫忙，結果那人被一下頂開。

阿力站在一邊震驚道：「哥，你居然親自上啊？不過這種小毛病，你修得好嗎？」

眾人紛紛圍在他旁邊，純粹看熱鬧，還有人要幫忙。

謝辭側頭看他們，「有沒有長眼睛？誰都別動！」

眾人：「……」

§ § §

「剛剛那個人是誰？我可看了半天啊。」張莉莉操控著方向盤，換了個車道。許呦坐在副駕駛座上，靜靜看著窗外，也沒回話。

看她身上都濕透了，還在滴水。張莉莉怕她感冒，把空調打開，又看了眼後照鏡，「妳換身衣服吧。」

許呦反應了一下，「喔，對了，我衣服還在車上。」

「妳的車留在那間店裡修啊？裡面的東西呢？」

「……再說吧。」許呦疲憊地揉了揉額頭，「等等到了西安再買一套。」她現在精疲力竭，實在懶得回去面對他。

「我說，妳幹嘛不回去妳車上把東西拿了再走？」張莉莉的視線從她身上飄過去，「妳打算就帶個手機出差啊？」

見她無言，張莉莉覺得不對勁，又想了想剛剛看到的那一幕。

那男人陪許呦在雨裡站那麼久，明顯不簡單。張莉莉是個八卦心很重的女生，所以好奇地追問：「剛剛那男的，和妳是什麼關係啊？」

「高中同學。」

「就同學這麼簡單，不會吧？」她明顯不信。

許呦看著窗外的滂沱大雨，一瞬間怔忪，很快就掩蓋過去。

「剛剛我下去接妳，近距離看了一眼，長得還挺帥的，是妳什麼同學啊？」張莉莉好像對謝辭很感興趣。

也不知道她怎麼突然有這麼大的興致，許呦只好敷衍道：「高中同學。」

「人怎麼樣？」

「不怎麼樣。」許呦頓了頓，將臉轉向側窗，「以前在我們學校和一群人橫著走，打架鬧事都有他的份。」

「不良少年啊，那不是很受小女生喜歡？」張莉莉想起自己少女時代的粉色幻想，她笑著搖頭感嘆，「我高中怎麼沒見過這麼帥的痞子呢？」

許呦不承認也不否認，也不說話，不再談這個話題。

最後，張莉莉還是載著她回了修車廠。那輛奧迪上不了路，只能停在那裡。許呦沒和任何人打招呼，把簡單的東西收拾好就坐上張莉莉的車走了。

§ § §

這次出差她們要採訪的是禾城一個資訊科技公司的老闆，寫以創業為主題的專欄報導。那個老闆是九零後的人，畢業後自己打拚，然後一手把這家公司帶入市場。

晚上在飯店，許呦對著電腦整理資料，關鍵字就業、擇業、創業。

「李超這個男人挺勵志的。」張莉莉端著一杯水，靠在她身後的牆上評價。

「不僅勵志，好像還是個好男人，對現在的妻子很好。」張莉莉補充完，想了想，玩味地道：「許呦，妳說這算不算成功男人的標配？」

「不知道。」

許呦專心工作。

「那種有過人生沉澱，有定力的男人。」張莉莉壓下聲音，「唉……做我們這行看得多了，才發現其實好男人真的不少，就是自己遇不到而已。」

記錄到收尾階段，許呦敲下最後一行字：「做正確的事，再把事情做正確。」

然後闔上電腦。

她今天淋了一場雨，又和謝辭重逢，身心簡直像經歷了一場浩劫。

蓮蓬頭裡的熱水從頭頂上淋下來的時候，她閉上眼，回憶也跟著一併湧了上來，瞬間將思緒淹沒。

她那一瞬間想到的，是今天看見的他無名指上的那枚素淨戒指。

忙了一下午，兩人都累了，早早上床休息。

床頭櫃兩旁的燈關了，浴室前走道的那盞走道燈還亮著，誰也懶得去動。

張莉莉睡不著，躺著玩了一會兒手機，突然轉頭問：「許呦，妳睡了嗎？」

「怎麼了？」

原來她也睡不著。張莉莉收起手機，苦惱地抱怨道：「剛剛我那個相親對象，一出現就要視訊，還一直在跟我吹噓家裡多有錢，我都要煩死了。」

「……」

「可是我爸媽挺喜歡他的，唉。」

張莉莉是上海人，她家裡長輩的思想很保守，不想要她嫁到外地，就找個上海男人過。張莉莉從小就被灌輸這種觀念，所以找男朋友也會先考慮是不是上海人，家裡在市區有沒有房子。所以儘管年紀不大，但一出來工作就一直被催著相親，對象三天兩頭地換。

「許呦啊，妳父母都不催妳結婚嗎？」張莉莉好奇，「我看妳好像也沒和誰談過。」

許呦笑了笑，「我爸媽不催。」

「那妳也得找個男朋友啊，妳一個女孩子在外面過得多辛苦啊。」

「還行，我覺得一個人挺好的，很自由啊。」

張莉莉藉著微弱的黃光打量身邊的人，許呦的長相給人的第一印象就是柔，算不上有多漂亮。只是和她接觸久了，才發現這個小女孩性格是真的很好，不論什麼事情都很認真。

「要自由？妳乾脆把頭髮剃了去尼姑庵，後半生伴青燈古佛好了。」

許呦認真地說：「聽起來好像挺不錯的。」

「對了。」張莉莉突然想起來，「忘記問妳了，我今天和妳去的那家修車廠，妳怎麼把車開到那種地方去修啊？」

怎麼話題又扯到這上面來了？

許呦咳了一聲，儘量把事情簡單化，「我去4S店修車，那裡的老闆是我高中同學，是他帶我去的。」

「是剛剛陪妳的那個？」

「不是。」

張莉莉毫不掩飾自己驚嘆的語氣，「隨隨便便就帶妳去那種地方，那妳高中同學應該是挺會玩車的富二代吧？」

張莉莉之前做過和這方面有關的工作調查，一眼就能看出來。雖然那個修車廠的場地有些簡陋，可是那裡停放的都是國內頂尖車展裡難得一見的新款和經典款超跑，有一些車身還貼著知名俱樂部的標誌 LOGO。

她閨蜜的老公也在圈子裡，所以張莉莉也算了解。在許多外人看來，超跑就是富二代互相比較、泡妞的工具，許多名車的超跑俱樂部整天都是吃喝玩樂、聚眾銷金，但其實許多人是真的喜歡車，大多都是因為志趣聚在一起。

張莉莉說的這些話對許呦來說沒有什麼吸引力，反正她也聽不大懂。

許呦的臉貼在枕頭上，眼睛閉上了一會兒，實在太累了。

看她睡了，張莉莉過了一會兒，自動噤聲。

晚上又開始作夢，許呦夢見自己走在校園裡。她張望著四周，心跳得很快。

轉眼又回到教室，她披著校服趴在桌上。頭頂的電風扇在慢悠悠地轉，金色的陽光灑在眼前，藍色水杯裡波光蕩蕩。

有個男生笑著喊她的名字，嘴角有一抹令人懷念的壞笑。

只是他很久沒出現過了，她已經看不清，也想不起他的樣子。

§ § §

隔天回去申城。

許呦身體有點不舒服，把資料拷貝給張莉莉，打電話請了假。她寫了幾篇稿子備份，寄到主編信箱裡。

一回家，餐桌上全堆著泡麵桶。就知道尤樂樂不會好好吃飯，她無奈地嘆氣，拉開客廳窗戶透風。隨便收拾一番就去洗澡，然後倒在床上昏天暗地地睡起覺。

再醒過來的時候，外面的天已經黑了。房間裡昏暗下來，像老舊且不清晰的默劇電影。

許呦從床上起來，又坐了一會兒。從衣櫃裡隨便挑出一件寬鬆的白色T恤套在身上，再在外面套了一件黑色的針織開衫。

她把頭髮隨意紮在身後，拿了手機、錢包和鑰匙下樓吃飯。

剛下過雨，地面上還很濕。空氣裡透著清涼，夜色茫茫地籠罩在四周。

許呦住在一環邊緣，這一塊綠化都很不錯，建設得略帶古意。樹上間隔幾步就掛著紅燈籠，微風帶著濕氣。

許呦找了一家小餐廳坐下來，隨便點了一小碗餛飩麵。

吃到一半，她突然想起來一件事，把放在一邊的手機拿起來，傳微信給尤樂樂。

『我的車呢？』

尤樂樂那邊「正在輸入」半天，然後直接打電話過來。

『喂？妳回來啦？』

許呦用筷子夾起一點麵條，嗯了一聲，她問：「我要妳把車取回來，妳忘記了嗎？」

『不是啊，我去了。』尤樂樂提高聲音，『妳都不知道，我去的時候，他們非不肯把車給我，說妳是重要客戶，要本人親自提車，把我氣得。』

許呦動作一頓，聽到那邊說：『然後我看他們一群男的，挺彪悍的，不好再爭下去。還有妳怎麼跑去那個鳥不拉屎的地方修車啊？還是什麼重要客戶，看起來就不可靠。』

許呦頭疼，把筷子放到碗上。

「我非要自己取？」

『對，他們是那麼跟我說的，我也莫名其妙。我第一次見到這麼不講理的修車廠。』說完之後，尤樂樂又補充，『真的，真不是我忘記了，是他們不給。』

許呦揉了揉額角，「行，我知道了。」

尤樂樂問：『我今天要晚點回去，和鵬鵬他們去輝南那裡跳舞，妳來不來？』

「不去，我明天還要上班。」許呦拒絕。

『我就知道，我就隨便問一句，反正妳不上班也不去。』

許呦說了兩句就掛斷電話，她明天得用車，考慮半天，還是打電話給李小強。

餐廳裡有些吵鬧，她把錢付給老闆，直接去外面講電話。

『許呦啊！』李小強接到她的電話，聲音裡明顯驚喜了一下。

許呦猶豫了幾秒，應聲說：「是我。」

『有事嗎？』

「我的車……」

『喔喔，妳的車昨天已經修好了。』

「我什麼時候能去拿？」

李小強：『不用妳去，妳給個地址，我讓人幫妳送過去。』

「不用了。」許呦禮貌地拒絕，「這樣太麻煩你們了，我自己去就行了。」

『許呦，我們交個心，妳是不是還在介意謝辭啊？』李小強小心翼翼地問。

畢竟兩人也不太熟悉，不方便說這麼隱私的話。最主要還是許呦真的覺得很疲憊，不想說太多，她停在一顆樹下，眼睛自然低下，「我們倆的事情都過去了，他也已經有女朋友了，我也有自己的生活，剩下的就順其自然吧。」

李小強聽得一頭霧水：『什麼女朋友？妳聽誰說的？謝辭這幾年身邊連一隻母蒼蠅都沒有，怎麼突然就多了個女朋友啊？』

許呦心頭一跳，想到謝辭手指上戴的那枚戒指。

她坐在長椅上，對著面前的那棵樹發了一會兒呆。直到被路過的小朋友不小心絆了一下腿，才回過神。

許呦慢半拍地拿起手機，輕輕咳嗽幾聲，把嗓音調整到正常，然後撥出一個號碼。她眼睛看著路邊的路燈桿，等那邊接起來。

幾秒之後，「喂，謝辭，我是許呦。」

『我知道。』謝辭低低地回答。

「嗯。」

『妳……』那邊聲音遲疑，語氣裡有些猶豫，『妳找我有事嗎？』

許呦問：「我的車你修好了嗎？」

謝辭立刻回答，『修好了。』

她說：「妳在哪裡？我去取吧。」

『不用。』謝辭說，『這麼晚了，我把車開去妳那裡。』

過了一會兒，許呦應道：「好，麻煩你了。」

他們生疏得彷彿只是最普通不過的朋友，客套來客套去，都拿著厚厚的盔甲保護自己。

謝辭沉默半晌，『約哪裡？』

十幾分鐘後。

一輛熟悉的奧迪緩緩停靠在她面前的路邊，謝辭打開車門下來，許呦接下他拋過來的鑰匙。

「妳怎麼一個人？」他輕鬆地和她打著招呼。

許呦聚焦在自己的影子上，聽到詢問，片刻之後才抬頭，「我剛剛出差回來。」

「喔……」謝辭本能地站直，不說話了，可能是不知道說什麼。

他其實不想這麼直白又貪婪地看著許呦，可就是鬼使神差地移不開視線。

她穿了一件普通的白裙，頭髮散落下來，臉上素淨如初，沒有任何多餘的裝飾。

許呦站起身，緩和一時間僵住的氣氛，「你打算怎麼回去？」

「什麼？」他看得太入神，沒反應過來許呦說了什麼，依舊愣愣地看著她。

夜風把她的裙襬刮得往後掠，許呦看著重逢後寡言少語的謝辭。他還是高高瘦瘦，和回憶中如出一轍，甚至能對上所有細節。

她心中騰然升起一股莫名的酸楚，時間果然是最好的解藥，不論當初如何痛到骨子裡，都能輕描淡寫地把傷痕抹平。

§ § §

「和好了？」龐峰倚在門上，雙手環繞抱在胸前，「今晚去見那個折騰了你好幾年的前女友了？」

龐峰是謝辭這幾年認識的朋友之一，他是謝辭叔叔那邊的人，知道謝辭家裡的事。

謝辭雙手交叉枕在腦後，眼睛望著天花板，也不回答。

龐峰一人在旁邊自言自語，有些恨鐵不成鋼，「還有完沒完，我就沒見過你們這麼糾結的，我不知道人家還惦不惦記著你，但是你這樣偷偷摸摸地惦記著別人，又不敢開口說，還是不是個男人？」

耳邊嘰嘰喳喳，攪得他心裡煩亂。謝辭摸索著掏出菸，抽出一支用唇銜住，吸了兩口。煙草從肺裡溜了一圈，從嘴裡噴出來。

「現在別跟我說話，很吵。」

謝辭又抽了幾支菸，在房間裡走了幾回，終於忍不住打電話給她。

「妳回家了嗎？」

『嗯。』

「妳……」謝辭捏扁手邊紙杯，「什麼時候有時間？我們吃頓飯。」

『好。』她答應。

「嗯，那……再見，妳早點睡。」他也不知道該多說什麼。

『晚安。』

電話一掛，龐峰在一旁鼓掌，「謝辭你知不知道？你剛剛應該去浴室對著鏡子打電話。這樣你就會發現，你剛剛有多彆扭，臉紅的樣子瞬間年輕了十歲。」

謝辭微惱，把手機扔到一邊，「滾。」

看謝辭表面不耐煩，其實眼裡壓根掩飾不住歡喜，龐峰挺羨慕地說：「看來是真的喜歡啊。

恭喜恭喜，不過那女孩也是倒楣，怎麼兜兜轉轉這麼久，最後還是碰上你了呢？」

謝辭心情好，不在意龐峰是不是在損他，「你也去找一個唄。」

「那還是算了，我還想多流連花叢，享受人間樂趣。」

§　§　§

晚上尤樂樂回來，許呦坐在床邊慢慢削梨子，跟她說了重遇謝辭的事情。

尤樂樂果然很激動，「天啊，妳們怎麼這麼有緣？妳不早點告訴我，不然我去修車廠的時候，就會好好看看妳初戀長什麼樣了！」

「妳覺得這是好事嗎？」許呦問。

「當然是好事。」

這麼多年，許呦其實早就無望，只是前幾天偶爾和朋友又提了幾句，但是真的沒有想過還會遇上謝辭。

她默默嘆息了一聲。

尤樂樂看她的樣子，半開玩笑地說：「平平淡淡不是福妳知道嗎？人生本來就短，當然要和愛的人轟轟烈烈地過才有意義。」

許呦問：「誰跟妳說我還喜歡謝辭？」

「妳自己說這麼多年忘不了，不就是還喜歡嗎？」尤樂樂不以為意的樣子談道：「而且妳也確實喜歡不上別人了啊。」

§　§　§

生活還是要繼續，風花雪月不過是眼前一陣雲煙。

當記者很累，時間也過得飛快，整天的工作就是「找主題」、「現場採訪」、「找話題」、「寫稿」、「去前線」。

「許呦，妳沒事吧？」李正安伸出手在她眼前晃了晃，「恍神想什麼呢？」

他端著一杯咖啡，路過許呦工作的地方。坐在許呦對面的張莉莉抬頭，笑著說了一句，「她恍神一上午了。」

「這麼閒，妳們定稿了？」李正安問。

張莉莉：「在給主編審，過了應該就能交編輯部了。」

「效率挺高啊。」

「託許呦的福。」

許呦低頭拉開抽屜，從裡面翻出一板感冒藥。她剝了兩粒膠囊，拿起一邊的玻璃杯，混著水吞到喉嚨裡。

她今天早上起床就感覺頭痛欲裂，尤樂樂給她溫度計量了量，是低燒。

靠在一旁的李正安看許呦臉色不好，有些擔憂地問：「妳感冒了，要不要去吊點滴？身體不好別硬撐，跟主編請半天假。」

對他的關心，許呦搖搖頭，連眼睛都懶得抬。

張莉莉看了這一幕直發笑，也笑了出來，她笑著問李正安：「你這麼閒，幫忙寫寫稿子唄，我們手裡還有個貧困大學生的稿子沒寫呢。」

「我看起來就這麼像個冤大頭？」李正安笑著調侃自己，他意有所指。

張莉莉在心裡感嘆，真是落花有意，流水無情，又是一場單相思。

李正安長相端正，人也溫和，在這一行幹了許久，人脈很多，聽說還是個富二代。當時一進報社，李正安便頻頻對許呦有意無意地示好，奈何女方一直不接受不回應。

本來郎才女貌，一段姻緣佳話，到頭來還是沒成功。

中午在食堂吃飯，許呦隨便端了一碗湯麵，沒什麼胃口。

她正拿著湯匙喝湯，面前突然坐下一個人。許呦抬頭，是一個小女孩。

這個小女孩叫范琪，和許呦是同間學校出身。不過范琪是本科系畢業就進了報社，算是剛入行，和她也不是同個部門，算她半個學妹。

「學姊。」范琪滿臉難過地喊她。

許呦嗯了一聲，「又被罵了？」

看她的表情，許呦就猜到了大概。

范琪不說話，算是默認了。她吃了兩口飯，委屈地說：「我真是後悔當編輯了。」

「怎麼了？」

「學姊，我太累了，想辭職了。」

打開了話匣子，范琪開始滔滔不絕地訴苦：「每天要收好多稿子，安排版面、頭條、幫記者的稿子修改標題。你們記者沒有上班時間，時間自己掌握，來去又自由，可是我們每次都是你們交稿才能開始工作，一天比一天晚下班。我昨天加班到凌晨，今天早上又被主編罵了，我真後悔沒去考研究所，讀書比上班好太多了。」

聽著范琪的抱怨，許呦想到了自己實習的時光。大概也和現在這個小女孩差不多，因為太忙了，早餐隨便應付，中餐在小攤子吃碗炒飯或一碗水餃。很長一段時間裡，泡麵就是主食，用開水一泡，一次兩包，差不多飽了。

許呦安慰她，「萬事起頭難，做什麼都要堅持。」

「這些話我已經跟妳說很多遍了，妳自己應該記住。哪裡的太陽都曬人，任何職業外人看到的永遠只有光鮮的一面，只是內裡的黑暗和勞苦無人知曉而已。」

她點到為止便不再說。

§ § §

站在辦公室的百葉窗旁，透過層層縫隙往下看車水馬龍，許呦想起剛剛范琪問她的話。

「妳當初為什麼要當記者？」

為什麼要當記者？也許是一時衝動，可是這個職業的確給了她很多想要的東西。儘管很多困難，但她能在工作裡得到更多的樂趣。

越接觸，她就越佩服一些有情懷的老記者。許呦從不後悔自己所有的決定，當記者這兩年，她看了很多，聽了很多，也認識了很多人，學會怎麼和陌生人溝通。

雖然時常奔波，深度報導一些不為人知的事情。但是幫助了需要幫助的人，看到他們臉上的笑容，才是她最有成就感也是最開心的時候。

第十九章

明明只差一個結尾，卻要重新來過，肯定會不甘心吧。

過了幾天，許呦接到電話，尤樂樂的咖啡廳舉辦的七夕初戀活動出乎意料地成功。最後獲得獎品的是一對年輕的新婚夫婦，彼此皆是對方的初戀。

在尤樂樂再三強調之下，許呦下了班，車子繞了道，停在咖啡館旁。

許呦推門進去，尤樂樂還坐在高腳椅上，和那對新婚夫妻聊得不亦樂乎。

年紀越大，看著身邊的人起起伏伏、分分合合，經歷得多了，對感情也就看淡了，所以越喜歡聽這種從一而終的美好故事。

尤樂樂拉著許呦坐下，對那個年輕女孩說：「這是我朋友，妳跟她的經歷太像了。」

「真的嗎？」

尤樂樂迫不及待地點頭，「我朋友高中也是學霸，她初戀也和妳老公差不多的類型。」

許呦愣住。

面前的女人個子嬌小，滿臉幸福地依偎在旁邊男人身上。她抬頭看了那男人一眼，「這麼巧啊，不過我老公上高中的時候可混了，是我們班上最搗蛋的男生，他還總欺負我，老師都管不住他。」

聽到這話，許呦不知想到了什麼，也微微笑起來，「他也是。」

「妳初戀嗎？」

「嗯。」

「那就巧了，我老公也是我的初戀，不過我們高中畢業就分手了。他去當兵，一直沒跟我聯繫，去年才退伍回來。」女人雖然嗔怪著，臉上幸福的笑意依舊很美。

這時，放在包裡的手機震了一下，手機收到謝辭傳來的訊息。

『晚上有空嗎？』

許呦的手指頓了頓。

女人想起往事，眼角溫柔地皺起來，「也不知道他上輩子是不是拯救了銀河系，我這麼好一顆大白菜就被這個豬吃了。」

一直沒說話的男人瞟了自己妻子一眼，「妳是小豬。」

許呦回完訊息，把手機收起來，抬頭問：「妳等了他多久？」

「等他？」女人想了想，笑著說：「其實我沒有刻意等他，只是後來喜歡不上別人了，就乾脆沒談戀愛。」

許呦默然。

說完，女人有些不好意思地握住自己老公的手，看著許呦說：「不知道妳會不會有我這種感受，其實妳認真談過一段感情，最後分手了，通常都很難再去喜歡別人，也不想再去瞭解。」

許呦聽得心裡一震。

「就好比一篇文章寫完了，但老師說妳字跡潦草，讓妳把作業撕了重寫一遍。雖然妳記得開頭和內容，但妳應該也會懶得寫，因為一篇文章已經花光了妳所有精力，明明只差一個結尾，卻要從頭來過，肯定會很不甘心吧。」

——明明只差一個結尾，卻要重新來過，肯定會不甘心吧。

§ § §

謝辭開車來接許呦，他一路都沒有說話。

等紅綠燈的空隙，他有意無意地透過後照鏡瞟了她一眼。許呦把車窗降下，迎面的風吹動著她柔軟的髮。

謝辭問：「妳想吃什麼？」

她大概沒聽見，車窗開著，風聲灌進耳朵，謝辭刻意放慢了車速，又問：「許呦，晚上想吃什麼？」

這次他聲音大了一點，許呦這才回過神。

最後他們去吃了日本料理，飯桌上，兩人有一搭沒一搭地聊天，談論的都是瑣事日常，不涉及往事的雷區。

她想喝酒，謝辭就陪著。

到後面，許呦似乎是餓了，只顧著吃東西，偶爾說兩句話。

吃完飯已經八點多，他們走出餐廳。

「妳明天有事嗎？」謝辭問她，「我開車送妳回去？」

「我們走走吧。」許呦說完，轉過身，沿著停車位置的反方向走去。

§ § §

夜風漸涼。

許呦頭有些暈，剛剛喝的酒後勁很大。她穿著碎花的波西米亞背心長裙，赤裸著雙臂。腳上穿著涼鞋，腳趾乾淨，沒有塗指甲油。

路過一家商場，人流進進出出。

「謝辭。」她突然叫他。

「怎麼？」

「你離開臨市之後，還有回去過嗎？」

她突然提問，讓人猝不及防。謝辭默了半晌才說：「回去過。」

「那你為什麼不找我？」許呦覺得自己有點醉了。她停下腳步，看他。

謝辭這才發現許呦的顴骨很紅，是喝醉的跡象。他趁機低頭，又仔細瞧了她兩眼，小心翼翼地問：「許呦，妳醉了？」

商場裡放起流行樂團的歌，重重的節拍，一下一下像直接敲在心臟上。

頭頂的廣告看板換了一面，正當紅的女星手舉在臉邊，無名指上的鑽戒閃閃發光。

「謝辭，你很無所謂嗎？」許呦就那麼靜靜地看著他。

原來當著他的面，這麼坦坦蕩蕩提起往事，是這種感覺。

謝辭笑不下去了。

許呦眼睛紅了，「謝辭，你當初不是說，死也不會跟我分手嗎？」

死也不分手。

這句話聽在謝辭耳裡，心裡不知是什麼滋味。他知道自己太自私，或者太貪婪。再見到許呦時，謝辭覺得讓許呦原諒自己，兩人成為朋友，偶爾往來就已經滿足。其他的他有自知之明，也不去奢望。而到如今，謝辭內心又開始掙扎……

「你自己說的，死也不跟我分手，後來還不是自己說走就走了。」她又重複了一遍，仍舊哽咽著。

連一句多餘的話都沒有，就這麼消失在她的生活裡。

大概真的是醉了，許呦眼淚忍不住地往外湧。

謝辭被突如其來的話難弄得手足無措，「對不起，那時候我家裡出了點事。」

過了半天，她才找回自己的聲音，「那次打架也是，你一走了之也是，你有事能不能直接告訴我？」

謝辭陷入短暫的沉默，「當初是我錯了，對不起，許呦。」

「對不起許呦，都是我的錯。」他又重複了一次。

「那你現在為什麼又來找我？」她追問。

「我希望妳能給我一次機會。」謝辭的心臟一點一點加速。

她是醉了，大腦反應遲緩。聽了這話，一點反應都沒有，只是默默不出聲。

「妳能再給我一次機會嗎？」謝辭說。這麼多年沒哄過女人，他沒一點經驗，實在是笨拙，只剩下最純真的本能，「我不會讓妳難過了。」

她背對著他站著，抱著雙臂，似乎是冷了。謝辭看不到她的表情。

「我們認識的一開始，你就強迫我做了很多我不喜歡的事。」

許呦頭低著，開始自言自語。

「我看到你打架，你很凶，所以我很怕你，也不想惹你。我知道我們是不同的，所以我儘量不跟你接觸。可是後來你對我的好，我也都記著，你來停車場找我，陪我回去看外婆，跑到我樓下給我送糖。我覺得你很笨，但是又過得很快樂，和我完全相反。你總是喜歡在我面前自信滿滿地做很多事情，卻都失敗了。你擰緊我的水杯，我故意裝不知道。你跟著我回家，我也裝不知道。你上課偷看我，拿走我用過的筆藏起來，我都裝作不知道。」

後面的話，連她自己都沒發覺，已經放軟了聲調。

過去發生的一點一滴，被一點點回憶起，心臟還是會一抽一抽地痛。

還記得有一次和尤樂樂吃飯，兩人談起高中的時光。尤樂樂講到自己的教導主任、班級裡調皮的男生，還有總是喜歡在課堂上講大道理的班導師，她說得哈哈大笑，許呦靜靜地聽。

「許呦……我現在可能是長大了，越來越喜歡回憶過去了，我覺得高中生活特別美好，雖然很辛苦，但是那時候感覺做什麼事都是值得的。」尤樂樂邊笑邊嘆息。

「嗯。」

她說：「而且那時候的男生，雖然都幼稚，但是也單純，喜歡誰就一心一意對誰好。」

「不過，好像小女生都比較喜歡痞一點的男生。我也喜歡過，但是不知道怎麼形容那種感覺。痞子是種氣質，沒有那種調調，就是無賴。」

於是，許呦突然間想到了自己的十七八歲。

悶熱的午後，有慵懶的蟬鳴聲，旁邊的教室時不時會傳來朗讀的聲音，窗外的樹葉比陽光茂盛。

那時候，他們還沒分班，許呦晚上在學校食堂吃飯。

她每次吃完飯，散步回教學大樓，謝辭都剛好打完籃球，和朋友一起上樓。謝辭身邊總是過分熱鬧，圍繞著一大群人。樓梯很寬，許呦走左邊，他們走右邊。謝辭抱著一顆籃球，和別人說著說著就靠近她。他用餘光瞟她，她故意裝看不見。

有幾次，許呦故意多繞了幾圈路，避開他們。謝辭總會趴在走廊的欄杆上，背後是金燦燦的晚霞，他一臉痞笑對她吹口哨。這時候走廊站著的其他男生都會跟著起鬨大笑。

許呦想起他笑的模樣，眉峰微挑，唇角深深陷進去。烏黑的眼睛很亮，孩子氣又迷人。

「我當時年紀小，除了讀書什麼都不懂，不是很會表達自己的感情，所以可能也讓你對我們的感情產生過懷疑。你有你的驕傲，我也有我的自尊。你並不是無怨無恨，我也不是無悲無喜。」

許呦低著頭，他看到她好像哭了。

她默默不說話，頭也不抬，眼淚還在一滴滴地砸下來。

謝辭盯著自己的鞋不語，感覺心都被人捏在手裡，再揉爛。

她是善良的審判者，而他在被凌遲。

「你的過去，我一點都不同情，也不憐憫，因為都是你自己的選擇。不管以後你是輝煌還是墮落，我都祝福你。你所有的選擇我都尊重，只是……」

謝辭艱澀地開口：「許呦……」

「你總是用你覺得對的方式來對待我，但是那些全都不是我想要的。」

§ § §

那天醉酒後，許呦跟謝辭說完那些話，兩人就沒了聯繫。

接下來一週，申城發狠似的下了一週的雨，好不容易在這天放晴。

許呦接到組裡的通知，和張莉莉去參加一場發表會。發表會的時間也不長，記錄完流程就能收工回家。

兩人從大樓裡走出來，沒了冷氣，熱氣洶湧而來。

太陽很大，張莉莉撐著傘，和許呦邊走邊聊去停車場。

「妳下午和誰有約會啊？」

「不是約會。」許呦從包包裡把手機拿出來，「是和同學吃飯。」

「大學同學？」

「不是。」

「高中同學？」

「嗯。」

付雪梨來申城玩，前幾天和許呦聯繫上了，想約她吃頓飯。

這幾年高中同學聚會，許呦都很少去，也很久沒看到以前的好友，所以她思量了一會兒就答應了。

剛走進停車場，突然間有一個黑瘦、個子不高的中年人跑過來，拉住她的手說：「許記者，妳還記得我嗎？」

許呦被這突如其來的問候弄傻了，看了看眼前的男人，她使勁在記憶裡搜尋，隔了半天才不確定地道：「您是王靜一的父親？」

「對對對，是我！」王父很激動，又握住許呦的手說：「多虧妳幫我們報導，才有那麼多好心人幫忙，我女兒在大學安心學習，成績很好。」

許呦聽了很高興。王父邀許呦到他家吃個便飯，許呦婉拒了。王父提來一袋橘子，硬要許呦收下。

她不便拒絕，找了個塑膠袋，裝了幾斤橘子帶走。

「那妳怎麼去？開了車來嗎？」張莉莉在旁邊旁觀，拿出鑰匙按開車鎖，滴滴兩聲。

許呦搖搖頭，「不用了。」

話剛說完，她們身旁停著的一輛捷豹路虎「叭叭」地開始按喇叭。

許呦應聲抬頭，看到一邊車窗降下來，宋一帆對她興沖沖地喊：「許呦啊！」

緊接著，付雪梨側身推門而出，紅色的高跟鞋落地。

她五官明豔，穿著一身白色的雪紡裙，波浪捲的栗色頭髮披在身上。

還沒來得及反應，許呦嘴巴微張，被走過來的付雪梨一把擁進懷裡。

她手裡還提著一袋橘子，姿勢艱難地回抱了付雪梨一下。

宋一帆坐在車裡，他知道謝辭又和許呦碰上面的事情後，實在感嘆緣分的奇妙之處。

這幾年，宋一帆也算是完成自己當初的夢想，當了個飛行員，這次是趁著休假飛來申城找謝辭。

看著外面的兩人正在擁抱，宋一帆故意問坐在前面的謝辭：「怎麼樣阿辭，羨慕嗎？」

「什麼？」

「你別跟我裝，我哪不知道你想什麼。」

「……喔。」

謝辭開了一邊的窗戶，手肘架在上面。他的菸還夾在手指間，眼睛看著許呦，隔了一會兒才吸一口，然後慢慢吐出煙圈。

這次因為付雪梨，他才有理由重新跟許呦講幾句話。謝辭拉上不相關的人過來接她，就是怕兩人尷尬。

不遠處的人微微側著臉。她今天穿著白色的上衣和黑色鉛筆褲，柔軟鬆散的髮散落，臉上是乾淨又溫柔的笑容。

車裡安靜了一會兒。他喉結滾動了一下，解開襯衫的一顆釦子。

默默看著看著，謝辭實在有點受不了，頭探出車窗喊：「妳們兩個，上車啊。」

上了車，付雪梨就嚷嚷開了，她抱怨著：「謝辭，這麼多年了，你這爛脾氣能不能改改啊？一點耐心都沒有。」

宋一帆在一旁只顧著笑。

謝辭保持沉默，他目視前方，撐著頭，手指一下一下地敲著方向盤。

這時，副駕駛座的門被拉開，視線控制不住地往旁邊瞟。

許呦拉開車門，視線和謝辭不期然地撞上。她先是愣了一下，默默把包放好，隨即坐進來帶上車門。

她纖細筆直的雙腿自然併攏，踏著小巧的白色高跟涼鞋，白皙的腳背露出一截。

謝辭看了兩秒，覺得喉嚨有點乾。他低低咳嗽一聲，然後轉過眼，不得不別開臉。

謝辭側著臉，雙臂搭在方向盤上，邊咳邊看向窗外，玻璃窗上某人的倒影若隱若現。

許呦沒在意，低頭把安全帶拉過來扣上，後面的付雪梨拍了拍她的肩膀，遞來一瓶礦泉水。

許呦接過來，頭微微側著輕笑，「謝謝。」

「不用謝。」謝辭轉頭，和她視線對上，很快地回答。

付雪梨：「……」

他沒話找話，坐在後排的宋一帆忍不住插了一句，「哈哈哈哈哈，人家許呦沒在跟你說話。」

「我好像也沒在跟你說話啊。」謝辭嗆聲完，猛踩油門，打了方向盤轉彎。

「真是厲害啊。」付雪梨諷他。

謝辭看著反光鏡挪車，無所謂地笑了一下。

正是午後，車流稀疏。他們運氣好，只碰上幾個綠燈。

許呦坐在他旁邊，左右看了看有沒有限速牌，猶豫地問：「謝辭，你的車是不是開得有點太快了？」

「快嗎？」

謝辭從後照鏡看了她一眼。

「我記得這段路限速六十還是四十？」

「嗯……然後呢？」

「然後你看看你的儀表板。」

「……」

謝辭看了她一眼，嘴上雖然沒說話，車速卻實實在在地降了下去。

許呦頭枕在靠背上，微微側著頭，和身後的付雪梨聊起來。這麼多年沒見了，心裡還是有些感慨和難言的情緒。

大部分是付雪梨說，許呦安靜地聽，偶爾回應一兩聲。

遮陽板被拉了下來，陽光投射進來，只能勾勒出她下半張臉的輪廓。

從這個角度看沒有一點遮擋，謝辭的目光從許呦的下顎滑過。他偷偷瞄了兩眼，然後頓了一會兒。

付雪梨興致勃勃，車裡響起幾道不容忽視的咳嗽聲。她一停，問：「謝辭，你嗓子很不舒服嗎？」

許呦也止住話看他。

「最近有點感冒了。」謝辭淡淡解釋。

聚餐選在一家私房菜館，吃喝玩樂的東西一應俱全，甚至還有泡溫泉的地方。

幾個人被穿著旗袍的服務生一路領進去，在一個叫芙蓉閣的大包廂門口停下。

推開門進去，一大群人早已經坐好，男男女女都有，正熱烈交談著。

沒想到這麼多人，許呦愣了一下。裡面有幾個她認識，也有幾個看著不熟的。

付雪梨在她耳旁輕輕解釋：「都是以前在臨市認識的同學，剛好在申城，就都一起出來聚一聚。」

有幾個男人看到他們來，站起身笑著招呼：「你們總算來了。」

有人認出許呦，吵著道：「這不是我們那屆的狀元嗎？這幾年同學聚會妳都不來，都快忘記妳長什麼樣子了。」

許呦勉強辨認他的模樣，發現自己有點記不清了。她抱歉地笑了笑，「這幾年工作有點忙。」

「忙什麼啊，年紀輕輕地，別把自己累壞了。」

「謝辭。」李傑毅打了個哈欠，對他喊：「你今晚還是幫我在飯店開個房吧，我不想睡你那裡了。」

謝辭看了他一眼，把車鑰匙隨手丟到旁邊。

許呦隨便挑了個座位坐下，謝辭隨即拉開她旁邊的椅子，跟著落座。在座的人都面面相覷，居然還在一起呢……

付雪梨把包包放到一旁，隨口問：「菜都點好了嗎？」

「點好了，你們再看看還要什麼。」李小強把菜單從桌上推過去。

等菜的時候，大家閒聊起來。

然後有人想起來什麼似的，轉頭看付雪梨，「對了，班長呢？怎麼沒來？」

付雪梨說：「他啊，出差。」

那人感嘆，「當初我們班有多少對啊，現在差不多也快分光光了。」

「會不會說話？」徐曉成指了指謝辭的方向，「那不是還有一對嗎？」

謝辭懶得理他。

接著開始上菜，放在旁邊的幾瓶白酒也被人撬開。

李小強離開了座位，一個個倒酒，興奮地直嚷嚷：「今天我們不醉不歸啊。」

輪到謝辭那裡，李小強還興奮地搓了搓手，「辭哥，今天你可逃不過了。」

他的手搭在椅背上，一言不發，也沒推拒，許呦眼睛卻一直看著倒入杯子的那點酒。

她看了一會兒，攔住說：「你不是感冒嗎？能喝這麼多酒？」說完又意識到自己的行為有點不妥。

「喝不了？」

正倒酒的李小強動作頓了一下，聽到兩人的話，欲言又止，「謝辭喝不了酒，這……別開玩笑了吧。」

謝辭很淡定，「誰跟你開玩笑。」

徐曉成嗤笑一聲，直接拆穿他，「別裝了，謝辭，以前在外面吃飯，誰喝得過你啊？」

這倒是真的，他們以前一群人玩的時候，都是白的黃的紅的混著來。這種度數的白酒，簡直是小菜一碟。

聽他提起往事，謝辭一笑，不置可否。

酒過三巡，什麼話都說開了。

李傑毅向來是一群人裡最鬧的，能聊又幽默，每次聚會都是主角，吸引大多數女人的注意力。他離開座位一個個敬酒，拉著別人從南說到北。誰都給他面子，氣氛很是熱鬧。

輪到謝辭，李傑毅感慨著道：「我們兄弟這麼多年了，感情深一口乾，沒問題的吧？」

說完，他自己就一口喝光杯中的酒。

謝辭慢悠悠地拿起杯子，淺淺啜了一口，又放回桌上。

「你是不是男人？」李傑毅炸了，「就喝這麼一點，算男人嗎！」

他面無表情地抬眸，「我是不是男人關你屁事。」

李傑毅被氣笑了，他高聲喊宋一帆，「嗳，黑皮，你看看謝辭他，這麼久了，還是這副動不動就氣死人的樣子，我算是見識到了。」

他的聲音有點大，把旁人的注意力都吸引過來，於是李傑毅直接調轉目標，對許呦說：「許呦，妳以後還是多忍著謝辭一點，真的。」

「啊？」

「謝辭總算被妳收了，他當初可不知道傷過多少無辜少女的心。」

許呦：「……」

她不知道該怎麼接這種話。

「你差不多行了。」謝辭忍不住道：「能不能滾啊？」

李傑毅不依不饒，「你想一想，當年你自己怎麼拒絕人家小女孩的？」

「宋一帆，你學一遍。」

說起這件事，徐曉成也想起來，上學時，他們時不時就把這件事拿出來笑，現在想起來依舊覺得很好笑。

宋一帆的聲音放得很大，清了清嗓子。

「謝辭，我是XX班XXX，我很喜歡你，你能考慮考慮我嗎？」

「妳挺好的，但是我太帥了，妳配不上。」

「哈哈哈哈哈哈哈哈哈哈。」

話音落下，全桌的人都開始笑。

連許呦都忍俊不禁，彎了彎唇角。謝辭看她笑了，也跟著笑罵一句：「滾開。」

「還有，還有。」徐曉成又想起一件趣事，「你還記不記得謝辭有一次上課突然跟我們說了個笑話。」

他一提，宋一帆就想起來了，直點頭，「記得，記得，真的能列入此生最難聽的笑話前三名了。」

「對對對，然後謝辭每次說完，氣氛都會冷住。」

「我怕他冷場，還特地笑了兩聲，結果他怎麼說的？」

宋一帆一本正經地重述謝辭的話：「你笑得好敷衍啊，給老子重新笑。」

然後桌上的人又笑起來。

謝辭面子掛不住了，「你們夠了沒？」

看他真的惱了，李傑毅才說：「行行行，不說了不說了。」

吃吃喝喝鬧鬧也差不多了，之前的話說開了，兩人都沒放下彼此，此時身邊都是舊人，推杯換盞，尷尬和陌生褪去不少。就算酒不醉人，人也自己醉了三分。

謝辭單手托腮，懶洋洋地用筷子戳起面前的一個饅頭。

他瞅旁邊的人，「許呦。」他喊她。

許呦側過頭，「啊，怎麼了？」

謝辭笑著，示意她看手中的饅頭。他說：「我咬個月亮給妳。」

然後他一口下去，「怎麼樣，像不像？」

許呦失笑，搖了搖頭。

「是不是月亮？」謝辭不停追問。

許呦猜他肯定有點醉意了，也可能是裝瘋賣傻。她嘆一口氣，順著他的話說：「是月亮。」

「那咬給妳了，有沒有獎勵？」

許呦不理，假裝沒聽見。

「有沒有啊？」

這般死纏爛打的模樣，如果不是喝醉了，估計也做不出來。

「……」

「免費看我表演，沒有妳這種不講理的人。」

「……」

「再不說話，我就在妳臉上表演咬月亮了。」

許呦三兩口胡亂地咽下口裡的東西，剛想開口，就聽到謝辭悠悠地嘆口氣，「呵，本來以為妳性格挺好的。」

許呦看了他一眼，謝辭忽然笑了。

曾桀驁滿滿，痞氣逼人的眼睛，彎成一雙溫柔的月牙狀，在燈光下顯得更加明亮，像浸潤在水光之中。

「沒想到，還真是挺好的。」

「……你能不能別裝醉了？」許呦壓低聲音問，嘴上這麼說，眼底的笑意卻蕩漾開來。

謝辭看著她的笑容，呆滯了一會兒，喉嚨裡發出輕笑聲。

「許呦。」

在這舊友重聚的宴席上，他聲音很低，沾染過酒意的聲線沙沙啞啞。

「我再追妳一次，行嗎？」

她喝水的動作一頓，眼珠看向他。

謝辭說：「我認真的。」

他雖然醉了，口齒卻還算清晰，「許呦，以前的事情是我對不起妳。能不能給我機會，我用下半輩子補償妳？」

§ § §

吃完飯，從私家飯館裡出來，一群人吵著去酒吧。

許呦沒什麼急事，老同學重聚，氣氛大好，大家都興沖沖，她也不想掃興。

宋一帆喝了幾杯酒，見臺上駐唱歌手表演完畢退場，有客人上去唱歌，他按捺不住，一點都不怕丟人地站上了臺。

他還特別囂張，轉頭扯住一個服務生問：「噯，你們這裡能不能點歌？」

「你那個破鑼嗓子禍害我們就好了，在滿酒吧的人面前丟什麼人啊？」李傑毅樂了。

付雪梨沒眼看那個醉醺醺的人，吼了一句：「宋一帆，你快滾下來！」

誰喊他都沒用，宋一帆摸上立式麥克風，閉著眼，就這麼唱起了一首愛如潮水。

歌聲嘹亮，環繞著宋一帆的公鴨嗓。

「哈哈哈哈哈！唱這是什麼玩意兒——」李小強他們坐一圈，吐槽得毫不留情，個個恨不得衝上去捂住他的嘴。

許呦含笑看他們鬧，謝辭坐在她旁邊，看她笑，也笑。

對一幫人來說堪稱折磨的一首歌時間終於結束，宋一帆回來，一臉滿足。

李小強拿花生米扔他：「丟人！」

宋一帆滿不在乎。

徐曉成嘖了一聲：「就你這種水準，簡直拉低我們的等級。」

宋一帆反嗆：「說得你唱歌水準很好似的，比我好得到哪裡去？」

「是是是，我不如你，問題是我不上去現啊！」徐曉成笑嘻嘻地指謝辭，「當初我們的情歌王子，唱遍臨市所有酒吧的謝辭，人家都沒鬧，老老實實地坐在這裡呢，你就說你能不能學著點？」

李小強點頭：「就是！辭哥都沒開嗓，你唱個屁。」

「阿辭唱得好聽怎麼了？他又不上去唱。」宋一帆翹著腿囂張，「有這種大將之風的，只有我。再說這麼多年了，誰知道阿辭還是不是王子啊。」

許呦挑了個水果餵進口裡，她嘴角含笑，突然想起之前在KTV唱兒歌，還被謝辭嘲笑過。她彎著腰，突然側頭看謝辭問：「你唱歌真的很好聽嗎？」

謝辭一愣。

「好聽。」付雪梨替謝辭回答，「我說的是真心話，當初我們那些人，真的沒有人唱得比謝辭好。」

但謝辭不經常唱，覺得沒意思。出去玩就打牌喝酒抽菸，基本上懶得動嗓子。有幾次付雪梨想聽，謝辭都直接拒絕。

許呦點了點頭，喔了一聲，也沒再繼續問下去。

過了一會兒，一直坐在旁邊默默不說話的謝辭忽地咳嗽了一聲，他摸摸鼻子，「妳要聽嗎？」

話對著許呦說，許呦坐在那裡，微微一矖，說：「好啊。」

「好什麼？」李小強掐著花生米。

付雪梨驚訝，「今天你不會要露一手吧，謝辭？」

謝辭懶懶地靠著沙發椅背，視線掃過他們一圈，最後穩穩落在身旁的許呦身上。

「對啊。」

謝辭沒去點伴奏，而是從位置上起身，隨便拎了個放在角落的吉他在手裡。

下面的人都在起鬨，尖叫和歡呼，大家的目光追隨著他，其他桌的人也好奇地看過來。

徐曉成點燃了一根菸，笑著說：「嘖嘖，謝辭喝多了就變騷了。」

許呦聽著，眼睛看著在小圓臺上的他。

或許是熱了，謝辭把襯衫袖子捲了上去，露出一截下手臂。

他坐到椅子上，單腿屈起，把吉他橫過來抵住胯，隨便撥彈了兩下試音，這姿勢一看就專業。

靜了兩秒，謝辭扯起一點笑，眼睛往這個方向看，靠近麥克風唱出第一句。

「我的靈魂告訴我，它天生就適合愛你。」

「我的靈魂告訴我，它天生適合愛你。」

「也許無人再像你，我卻從不懂知足。」

低低淡淡的嗓音，混雜著乾燥的沙啞，像是一杯迷醉的茴香酒。迷離而恍惚的暗色光線之下，謝辭穿著白色細麻襯衫，彈吉他的手勢極其好看。

謝辭大多數時候有點壞，深情的模樣難以得見，如今抱著吉他彈唱，喉嚨裡輕哼著調，有些漫不經心的放肆。

酒吧寂靜三秒，沉默，長時間的沉默後，終於有人忍不住，驚叫了一聲。接著整個酒吧都騷動了，不少男男女女在歡呼，小範圍地掀起高潮，連一起來的一幫人也震驚地看著謝辭。

李小強結結巴巴地問：「辭哥唱歌這麼好聽啊，這首歌沒聽過啊，不會是自己寫的吧？」

「我的靈魂告訴我，它天生適合愛你？」

付雪梨輕輕一笑，「還會改編小岩井的歌詞，謝辭可以啊。」

徐曉成搖了搖杯裡的酒，搖頭感嘆著：「阿辭還是厲害了，這麼多年，帥氣不打折啊。」

謝辭低垂著眼，光影遊動在他臉上，在清秀挺直的鼻梁旁打出陰影。

「只是想你這件事，我可能沒有天分。」

「躲得過寂寥無人的夜，躲不過四下無人的街。」

許呦坐在喧嘩的包廂座位裡看著謝辭，一時間有些恍神。

等猛地回了神，才發現和他對視良久。謝辭邊彈邊笑，嘴唇靠近麥克風，有輕微的電流聲。略帶情欲又跌宕的嗓音，隔著一大群人，他直直地瞧著這邊，讓人不能忽視。許呦喝了一口手裡捧著的果汁，在黑暗裡，不自覺地低著頭咳嗽幾聲，居然不敢再和他對視。

她覺得心跳在加速，一跳一跳，快要撞破胸口。

直到一曲唱完，謝辭從臺上下來。他隨手拎了一瓶冷啤酒，在許呦身邊的沙發上坐下。

過了一會兒，有人對剛才謝辭的演唱感到驚豔，三兩過來向他要聯繫方式，被謝辭直接拒絕了。

大家都是成年人，那幾個美女也沒繼續糾纏，笑笑就走了。

他懶散地坐在位置上，擠著許呦的腿，身邊有持續穿梭的陌生人群。狹小的座位，兩人都不說話，可相貼的部位像是有細細灼燒的電流。

許呦不自在，想挪動身體。她輕輕一動，他就跟著貼上來。

「謝辭，別擠我。」許呦知道他是故意的，就推了推他的肩膀。她輕輕地呼吸，腿蜷縮起來。

謝辭解釋說：「位置小。」

「那邊有空位。」她指給他看。

謝辭一笑，而是問：「我唱得好聽嗎？」

許呦不想讓他太得意，所以她點點頭，口是心非地道：「還可以吧。」

「就還可以？」謝辭不信，「妳說良心話好嗎？」

許呦笑著，享受兩人之間難得的放鬆時間，繼續吃水果，「你別太自戀了。」

「我自戀？」謝辭反問一聲，拿起自己手機，滑開螢幕鎖，手指在螢幕上亂點幾下，不知道在弄什麼。

半天。

「聽聽。」他增高音量，遞到許呦耳邊。

她一愣，聽到麥克風裡裡傳來一陣嘈雜的歌聲，音質不是很好，像是在公共場合隨便錄的一段音。

「……阿門阿前一棵葡萄樹，阿嫩阿嫩抽新芽……」

這個聲音……

這首兒歌……

怎麼……

越聽越覺得熟悉。

許呦聽了幾句，忽然意識到……這好像是自己唱過的！！

她猛地轉頭。

謝辭輕笑出聲：「怎麼樣，我是不是唱得比妳好聽？」

許呦的臉騰地燒紅，震驚又羞憤。她反身就想搶過他的手機，口裡咬牙切齒地念叨著：「謝辭，你怎麼這麼變態，偷偷錄別人唱歌，你快刪了！」

他居然還存了這麼久，也太不可思議了。

謝辭手一揚，眉頭挑著，「別啊，我還要留著聽呢。」

「這有什麼好聽的？」許呦又羞又氣，還想搶過他手機。她不知道怎麼想的，腦子一熱，膝蓋壓上他的腿，伸長胳膊去搆手機。

謝辭還在和她嬉鬧的動作一頓，下意識地摟住她的腰，怕她摔下去。

他的手臂繞過她的腰肢，兩人的動作太曖昧，這般奔放，引起旁人大呼小叫。

宋一帆建了個臨時的微信群組，把大家都拉進去正在搶紅包。他抬頭看到這一幕，唏噓一聲，「大庭廣眾之下殺狗啊，你們倆。」

其他人聞言，也陸續看過來。

許呦趁著謝辭發愣，一把奪下手機。

她的臉都快冒煙了，到旁邊坐好，抖著手刪除錄音檔。

謝辭看著她動作，也不急，慢悠悠地說：「妳刪吧，反正我還有，家裡備份多著呢。」

「……」許呦握緊手機，咬著下唇，退出錄音軟體。

桌面的背景赫然跳出來，她動作一頓。

溫柔明亮的夏日午後，一個女生穿著藍白色校服，趴在桌上淺眠。只有一個背影，頭稍偏過，露出闔著的黑色眼睫，鼻尖小巧。旁邊的文具、書本散亂地堆在一起，還豎著一個淺藍色的大水杯。金色的陽光從旁邊玻璃照著她細軟的髮絲，軟軟地垂在肩頭。

這個女生……

許呦心裡不知道是什麼滋味，又酸又脹的。她從手機上收回目光，又落到別處，手機螢幕被一下按滅。

謝辭在一旁什麼也沒說，揉了揉自己的頭髮，探身把她手裡的手機拿回來。

「你什麼時候偷拍我的？」她問。

「記不清楚了。」

「除了這張……還有別的嗎？」

謝辭很誠實，回答：「有。」

許呦的心突突直跳。

第二十章

謝辭，我給你個家吧。

離開酒吧時已經快凌晨，幾個男人在門口抽了一會兒菸，商量著怎麼回去。

大家都開了車，不過為了安全起見，還是決定各自坐計程車走。

付雪梨和許呦站在一邊，她接了通電話，沒講幾句就掛斷。

許呦笑著問：「妳今晚要不要去我家住？和我合租的一個朋友今天不回來。」

付雪梨拍拍她的頭，「許星純飛來申城了，他剛剛訂了飯店。」

「啊……」許呦表示理解，隨後感嘆了兩句，「你們感情真好啊。」

付雪梨笑，「妳和謝辭怎麼樣了？」

許呦認真地想了想，然後嘴角抿出一個笑容，她淺淺笑著，「還可以吧。」

「他剛剛又喝了點酒。」付雪梨說。

「嗯。」

「妳明天有事嗎？」

許呦說：「下午要去個地方採訪。」

付雪梨笑了笑，「等妳有空打電話給我，我打算在這裡玩幾天。」

「好。」

最後別人都陸陸續續走了，謝辭非要把車開回去，誰也拗不過他。

李小強突然想到件事，「對了，許呦啊，妳不是和謝辭住在附近嗎？」

於是許呦負責開車送謝辭回家。

她打算把車停在他的社區門口，然後自己走回去，反正隔得不遠。可是路上謝辭不停地鬧，

「不行，把車開去妳的社區，我走回去。」

許呦沒理他，握著方向盤，看了眼倒車鏡，後面有人要超車。

「你這個樣子，走得回去嗎？」

他沒接話，不曉得是不是沒聽見。

謝辭的頭後仰，靠在真皮座椅上，他的五官在半明半暗中更顯立體，眼皮懶洋洋地半垂不垂。

車窗降下一半，略潮熱的夏夜暖風灌進來。

許呦伸手扭開廣播，是嘈雜的午夜新聞，聽了一會兒，她問：「你現在工作不忙嗎？」

謝辭轉頭看她，「不忙啊，我是老闆，很閒的。」

「你……修車，手沒問題嗎？」她聲音有點猶豫。

謝辭一笑，「沒問題啊，妳在擔心我？」

許呦輕輕嗯了一聲。

安靜一會兒，謝辭以為自己聽錯了。他直起身，不敢置信地又問了一遍：「妳擔心我？」

許呦沒說話，車外迅速掠過的光影在她臉上浮動，風和地面有微微的摩擦聲，兩人同時陷入沉默之中。

謝辭沒繼續追問，還在想她剛剛那句話，心不在焉的。

許呦認真開車，突然問：「謝辭，你喜歡我什麼？」

見他沉默，許呦又說：「我自己都想不通，當初你為什麼會喜歡上我，還偷拍我。」

謝辭假裝沒聽到，強行轉移話題，「許呦，妳別問我這種尷尬的問題，我頭痛。」

她不禁從後照鏡裡看了他一眼，謝辭在笑，眼睛微彎。

不到片刻，他的笑容忽然淡了，然後自言自語。

「我為什麼會喜歡妳呢？妳又不好。」

謝辭想起第一次見到許呦，她抱著一堆書站在自己身邊，渾身都是安靜不受打擾的味道。

那天陽光太好，刺得他眼睛疼。

「妳對我也不好，總是不喜歡理我。」

「我為什麼要喜歡妳啊？」

許呦靜靜地，緩緩地開著車，任由他自言自語。

「其實還有一句話。」

謝辭側頭看著來來往往的車流，走神了一會兒，「妳挺好的，妳給過我的東西，我後來都喜歡上了。」

第一次，是她從家裡帶的旺仔牛奶到學校，被上完體育課回來的他強行搶走。

第二次，是他放學偷偷跟著她回家，她看他可憐，分了一個草粿給他。

第三次，是他陪她回家，在古鎮的小街上，隨便去的一家麵館。

第四次，是他過年夜守在她家樓下，她餵他吃的餃子。

過了高架橋，車子開進市區。

「我想買包菸。」謝辭手抵著腦袋，聲音很淡地說。

許呦說：「少抽點菸。」

「許呦。」他叫了她的名字。

通過一個路口，車子緩緩減速，許呦應了一聲。

「許呦，我想妳。」

「嗯。」

「妳想我嗎。」

「不想。」

「可是我很想妳。」

「你剛剛說過了。」

謝辭沉沉地笑開，微瞇著眼，薄唇掀起了角度。車由許呦開，但她還是聽了謝辭的話，停在自己的社區門口。

免得他等等耍酒瘋，又要吵著送她回來，更麻煩。

「你早點回去睡覺，明天酒醒了來我這裡拿車。」許呦熄火，把鑰匙拔出來。她說著，準備動身解開身上的安全帶，背卻被謝辭按住。他迅速解開自己的安全帶，卻不準她解開。

許呦看著他，靜靜地沒說話。

「妳猜，我要幹嘛？」

「不知道。」

然後，謝辭歪了歪頭。

「總讓妳看我可愛的一面，好像不太好？」

「哪裡可——唔！」

許呦話沒說完，他一手撐在她耳旁的座椅上，不由分說地吻了上去。

她的呼吸被封住，頭不自覺地後仰了一點，卻被謝辭逼得更緊。

他單手掐住她的臉頰，溫熱的唇黏在一起。

不過深吻十幾秒便鬆開。謝辭退開一點，卻不太捨得移開，用鼻尖摩挲著她的側臉，然後忍不住用牙齒輕輕咬了咬。

「妳別把我想太好了。」

他脾氣壞，占有欲強、自私、任性、喜歡嫉妒，可是都儘量忍著。

怕嚇到她，卻又壓抑不住心裡蠢蠢欲動的迫不及待。

許呦喘了幾口氣，抑制不住地臉紅心跳。她捂著自己的胸口坐在位置上，臉漸漸變紅。

「許呦。」謝辭咳了一聲，「我要告訴妳一件事。」

「……」

「我可能，忘記帶鑰匙了。」

謝辭不逗她了，他的唇角微揚，淺淺地笑了。

「好了，妳上去，不鬧了，我馬上回家了。」

過了片刻，許呦看他兩眼，「要我送你嗎？」

「送什麼送啊，就幾步遠，我正好走回去醒酒。」

許呦頓了頓，還是開門下車。她站好後，轉頭說：「你也下來。」

她怕他等等自己開車回去，謝辭坐在車裡看她，應了一聲。

旁邊走過一對小情侶，估計是剛剛看完電影，手裡還有一桶爆米花。

他們耳鬢廝磨，女生挽著男友的手臂，眼睛瞄到許呦站在路燈底下，她不由得一愣。

「──許老師，妳大晚上站在這裡幹嘛？」

這個小女孩馬上就要研究所畢業，在許呦的新聞公司實習，剛好和她住同一個社區。

許呦說：「我和朋友說一點事。」

話落，小女孩的視線忍不住往許呦身後飄，也不多說什麼，點點頭便和她告別。

許呦看他們走遠，猶豫了一會兒又對謝辭說：「算了……我把你送到你們社區門口？」

她試探性地問。

謝辭忍著笑，眉微挑，「別這麼認真啊，妳快上去，我也走了。」

其實她也意識到自己這麼做有點不妥。

他這麼說，許呦只能道：「那你到家好好睡覺，記得打個電話給我。」

「知道了，許老師。」他說。

「誰是你老師。」許呦無語，「我走了。」

她走了兩步，又回頭囑咐：「你快點回去，別待在我家樓下。」

謝辭點頭，「知道了。」

樓梯燈壞了，一片漆黑。許呦沒拿手機，直接摸黑上樓。

到了三樓，她在門口站了片刻。把鑰匙插進去，許呦才停止發愣，回過神來。

謝辭倚著車門，低頭把玩手裡的車鑰匙。修長的手腕，指間猩紅的菸未滅。他側頭吸了口，又吐出。

夜深人靜，煙霧飄散。

下一秒，他抽菸的動作一頓。

許呦站在離他不遠處的地方，視線不動，一直看著他。謝辭像是早就料到了，看到她也不驚訝。

許呦輕輕地說：「謝辭，怎麼這麼多年了，你還是這副德行？」

以前他也是這樣，動不動就死守在她家樓下，如果她不去哄，他就算凍死也不肯走。

明明看起來吊兒郎當，卻有一股死倔的勁。

謝辭笑起，隨手摁滅了菸起身，「知道妳心軟啊。」

樓梯燈壞了，她和他一前一後地走，一個臺階一個臺階，走得緩慢。

今晚的月亮很亮，映得地面的影子格外清晰。

謝辭問，「許呦，妳怕嗎？」

「怕什麼？」

「妳說呢？」

「不知道。」

轉彎，走上第一個樓梯口。

他看著她模糊的背影，心裡默默地數臺階。謝辭微微抬手，一用力，把她垂在身側的手握住。

許呦低頭看了一眼，沒掙扎。

黑暗實在是個好東西，反正謝辭是這樣覺得的。

「許呦。」他喊她。

「嗯。」

「妳現在算是高級知識分子了。」

許呦停下腳步，等又上了一個臺階才說：「你也不差。」

「真的？」

「能夠靠自己的雙手賺錢，我覺得很好。」

他沉默著。

提起舊事，她心裡有點壓抑。

「可是人生不如意事，十之八九。」

許呦又重複了一遍，「你修車，靠自己本事賺錢，我覺得很好。」

「你很好。」她說。

「我知道我好，妳別說了，總覺得像在發好人卡給我。」

本來有些沉重，她忍不住笑了，「什麼好人卡？」

謝辭：「……」

想到飯桌上的嬉鬧之語，許呦想了想後說：「我要是發好人卡給你，應該是……」

「是什麼？」

「你很好，可是我太美了，你配不上。」

謝辭低笑了兩聲，忍不住又笑。

他看清她的側臉，又半開玩笑地問：「那妳會不會嫌棄和我沒共同語言啊？」

許呦眼裡淡淡的，很平靜地回答：「柴米油鹽醬醋茶，人間煙火也有趣。」

他頓了一下，卻沒了話。

剛剛喝完酒，腦子反應有點慢。

沉默蔓延開來，不出幾分鐘，謝辭的聲音又響起來。

「妳現在說話的感覺有點文縐縐，怪冷幽默的。我覺得，我大概當初就是看上妳這種一本正經冷幽默的模樣。」

許呦安靜了一會兒，抬頭看他一眼，「我什麼時候跟你冷幽默過了？」

「妳忘了？」謝辭低頭，唇準確又快速地碰了碰她的臉，「妳自己跟我說過的話。」

許呦任他親著，「什麼？」

謝辭回憶，「叫什麼來著？知識是自己的，還是什麼，怎麼說來著？」

這麼久了，他也記不清了。

許呦不知道為什麼，有點難受。她開口：「你把我的話記得很清楚。」

謝辭扯著嘴角，笑得懶散，「當然了，妳比我爸媽古板，一開口就喜歡講心靈雞湯。」

許呦想起一件事，走了兩步，試探性地問：「你現在過年會回去嗎？」

謝辭反應不大，不過看她凝重的模樣，他露出一絲笑，「回去啊，家裡有親戚。」

「你爸爸……」

謝辭笑了，「妳不用這麼小心翼翼，我每年都會去幫他老人家掃墓。」

「你能和我說說這幾年的事嗎？」許呦第一次心平氣和地對謝辭提起過往。

當初謝辭家裡出事，父親被人舉報官商勾結。謝冬雲接到消息，立刻從外地趕回臨市，卻在高速公路上出了車禍。

司機當場死亡，謝冬雲被送到醫院搶救。可還是沒什麼用，不久就撒手走了。

家裡遭逢變故，謝冬雲留下的財產不少，因為意外去世，來不及立遺囑。親戚為謝辭找了律師，和謝冬雲的情婦打官司。

謝辭不會做生意，謝辭的親叔叔就接管了生意，把他接到了外地。

謝東波當時跟謝辭說：「叔叔幫你管公司，但是公司一直是你的，你就算以後沒本事，叔叔替你爸爸養你一輩子。」

謝辭的手沒辦法完全恢復，已經不算一個正常人，父親又去世，對許呦的不告而別無可奈何。

這些事情讓年僅十八歲的他覺得活下去都是一件困難的事，可生活還是要繼續。

謝辭從失去親人的陰影裡走出來，去申城開修車廠是兩年以後的事情。

謝辭還記得許呦說過的話，她說她想去申城。

他發現自己還是會無法控制地去想她，深情總是無意識，只是在謝辭發現的時候，許呦已經被他推得越來越遠。

謝辭這幾年也曾經試圖忘記過許呦。可是不知道著了什麼魔，就是忘不掉。謝辭唯一能控制的，就是自己不出現在她的面前，儘量不去打擾她的生活，直到那天她出現在自己的修車廠。

那一瞬間，他甚至以為自己在作夢。

這些年的事其實也就寥寥幾句話，走幾步臺階就能說完。

他說完，許呦突然靠近，伸出雙手，將他的腰攬緊。

黑暗中，謝辭的心跳忽然停了片刻，手懸在空中，不知做何反應。

許呦的頭抵住他的肩膀，謝辭心裡突然冒出一種很自私的想法。

如果說出這些，能博取她一些同情，這樣也好。

許呦溫熱的身體就這麼和他依偎著，皮膚緊貼，兩顆心的距離也極近。

這種念頭一冒出來，從腳底升起的愉悅猛地竄到頭頂，他露在外面的皮膚甚至起了細密的小疙瘩。

謝辭數著自己的呼吸，一下、兩下、三下……手慢慢繞過她的肩膀，剛搭上，許呦就啞著嗓子開口：「謝辭。」

他停住動作，心虛地應了一聲。他回過神，聽到她問：「你這幾年，是不是過得一點都不好？」

「是。」

「你以後有什麼事，能不能直接告訴我？」

謝辭答應，「好。」

到了三樓，許呦開門，謝辭跟在她後面。

她進去換鞋，對身後的人說：「進來吧。」

簡單的兩室一廳，卻被裝修得很溫馨，木質餐桌，木質地板，隨處可見的小熊抱枕陽臺上擺放著幾株吊蘭。

謝辭隨意打量著。

許呦穿好拖鞋，把包包和鑰匙放下。謝辭跟在她身後，拾起來桌上一本雜誌，拿起來翻看。

內容很無聊，他靠在門框上打發時間，許呦不知道在忙什麼。

許呦進廚房倒了兩杯冰水，她把自己的端起來喝，另一隻手伸出去。

「喝點水。」

謝辭接過去，仰起臉把玻璃杯裡的水喝光。

「我睡哪裡？」喝完後，他問。

這時，放在一邊的手機響起。

許呦拿過來，看了看來電顯示，「等等，我接個電話。」

她轉了個身，低聲喂了一聲。

『阿拆，睡了嗎？』是陳秀雲。

許呦：「我沒睡，剛剛和以前的同學吃了頓飯。」

『到家了嗎？』

「到了。」

旁邊很安靜。

許呦心不在焉地聽母親說話，眼睛瞄了瞄謝辭。他已經在沙發上坐下，撐著頭玩手機，雙腿直直地搭放。

又隨便說了一些小事，掛了電話，許呦走進房間。

過了一會兒，她從房間裡搬了一床涼被出來，放到一邊的沙發上，「晚上睡覺冷的話記得蓋。」

時間很晚了，許呦進房間把電腦打開，看了看工作郵件。

明天下午要去一個電競比賽現場採訪，過兩天還有一個開幕式活動。還有她前幾天報上去的關於山區希望小學的選題，已經批下來，過一段時間就要去實地調查。

很多事情堆積在一起，但是許呦下個月請了年假，要回老家為小姑婆上墳。小姑婆前幾年得了食道癌，前幾天在醫院走了。她想著剛好趁此休年假，順便還能陪陪父母。

洗完澡出來，許呦穿著睡裙，礙於謝辭在客廳，她專門穿了個小外套。

剛剛明明很睏，洗了澡後，卻精神了不少。許呦去廚房，從冰箱裡抱出一個西瓜，把保鮮膜撕開，她彎腰把櫥櫃拉開，找出一個不銹鋼的湯匙。

剛轉身，謝辭靠在門邊。

許呦動作一頓，把櫃子關上，問：「你吃西瓜嗎？」

「吃啊。」

她把手裡的冰鎮西瓜遞過去，「給你吃的。」

謝辭：「有沒有籽？有的話我不吃。」

「沒有，你吃吧。」許呦挖了一勺，遞到他嘴邊。

謝辭愣了兩秒，從善如流地張口吃下。

「許呦。」他吃了兩口，突然叫她的名字。

「怎麼了？」

謝辭說：「以後我們在一起了，妳能不能把我顧好啊？」

她低頭又挖了一勺，嗯了一聲，「能。」

許呦躺在床上看書，等頭髮乾得差不多，要睡覺了。

看著天花板，許呦突然想起以前上大學，一個室友問她有沒有喜歡的人；以後如果能和他在一起，覺得什麼日子過得最舒服。

她自覺是個很無趣的人，也不憧憬波瀾壯闊。從小安分長大，聽話學習，從不招惹誰，謝辭算是她生命裡第一道波瀾。

只是她那時候個性有點內向，不知道怎麼對人好，所以對謝辭太冷淡，這幾年也曾經後悔過，不過他已經不在身邊。

室友轉過頭，瞅著發呆的許呦，正準備開口就聽到她的聲音。平淡緩和，好像不帶一絲感情色彩，「最舒服的日子啊，我想和他在夏天的傍晚，吃完飯去逛公園，我們吹風散步，隨便聊聊天，聊什麼都可以。」

「然後到了社區門口，去水果攤挑一個好吃的西瓜，放到冰箱裡。」

「洗完澡，吹著空調，和他一起吃西瓜，然後看電視。」

「我覺得這樣的生活很美好。」

門把被輕輕扭開，許呦腳步輕輕地踱到客廳，電視機裡還在播重播的足球比賽。

她悄悄走過去，白而薄透的晃蕩裙襬下，曲線清瘦的小腿露出來。

客廳的大燈關了，謝辭喝多了，人估計也倦了。閉目睡在沙發上，黑色的髮絲鬆軟。他呼吸深沉，彷彿已經陷入沉眠。

她用指尖，一點點輕輕地碰到他側臉的皮膚。

許久，她蹲下身。

許呦抿唇，伸手為謝辭拉上薄被。

隨即，一個輕飄飄的吻落在他的額頭，然後是闔起的眼睫。

睡吧。

她小聲地說。

隨即站起身，把放在茶几上的遙控器拿起來，關掉電視機。

最後一點光亮消失，房間沉沒於黑暗之中。

許呦正準備輕手輕腳地離開，突然橫出來一隻手抓住她的手腕。

「——喂。」

許呦身子僵住，下一秒，耳後傳來一道沙啞的聲音。

「撩完就想跑啊。」

許呦剎那間感覺全身的血液都衝上頭頂。

心虛又羞恥的感覺揉雜在一起，她第一反應是掙脫他的手跑開，可來不及甩開，就被那股力氣強行扯得跌在沙發上。

一道黑影迅速壓上來，身軀挨著她，呼吸像滾燙的岩漿。

許呦穿著睡衣，領口微微敞開，胸前和脖子處露出來一大片赤裸的肌膚。她開始掙扎，小腿亂蹬。

他手肘屈起，壓在她耳旁，聲音啞得不像話，「許呦……妳居然敢偷親我。」好像她犯了什麼滔天大罪。

「你……別壓著我。」她聲音柔弱，雙臂又酸軟，無力地推拒著身上的人。

不論怎麼掙扎，卻毫無抵抗的作用。

空氣裡荷爾蒙的氣味快要爆炸，謝辭仗勢欺人，手也開始不老實地往下滑。

「別碰……」許呦仰面躺著，恍惚中覺得身上在冒熱氣。她想拿開謝辭放在自己腰間的手，卻被反握住手臂往沙發上壓。

謝辭把頭埋在她頸項間，潮濕的黑髮、灼熱氣息搔得她發顫。

等了半天，他扯過之前脫下、扔在旁邊的外套，蓋在她身上，然後猛地起身。

浴室微黃的燈亮，隨後有嘩啦啦的水聲響起來。

許呦默默把被扯得凌亂的睡裙拉好，外套蓋在小腿處。

淅淅瀝瀝的水聲一停，她才一下回過神，逃也似的回房間。把門反鎖，心臟都快要跳出胸口。

許呦坐在床邊平復著心情，臉頰滾燙。咬著嘴唇，出神地想著心事。

已經接近午夜，手機的電差不多充到滿格。剛拔下插頭，檯燈閃了兩下，整個房間突然陷入黑暗。

窗外一道雷閃過，緊接著就是爆發的雨聲。

許呦抬起手臂去按牆上的開關，反覆兩下，熄滅的燈毫無反應。

過了一會兒，許呦四處觀望了一下，一片黑漆漆，什麼都看不清楚。她摸索著站起來，沒走兩步門就被敲響。

「許呦，在嗎？」是謝辭的聲音。

她慢慢摸著牆壁，把門拉開。

「怎麼了？」

「停電了。」

「我知道。」

儘管看不到彼此，可剛剛發生了那種事，她還是覺得不自在……

謝辭頓了頓，「妳一個人怕不怕啊？」

「不怕。」

「我怕，妳可以出來陪我嗎？」

夜深人靜，外面下著暴雨。許呦找到一根蠟燭點燃，房內搖搖晃晃的蠟燭火焰亮著，客廳牆壁上投出兩個扭曲的黑影。

謝辭就坐在小沙發上，他雙腿跨開，手肘撐在膝蓋上，模樣一本正經，連眼睛都不帶亂瞟的。眼睛不亂瞟，不代表思想專注。

「那個。」他一轉頭，就撞上她的眼睛。

許呦問：「你要說什麼？」

一豆黃昏的光裡，謝辭看了許呦幾眼，「妳剛剛在樓梯上跟我說的，是不是真的啊？」

她沉默。

「妳說妳很喜歡我，以後也會照顧好我。」他一板一眼地重述。

「等一會兒，你先別說了。」許呦的睫毛顫了顫，恨不得捂住他亂說話的嘴。

她咬住嘴唇，面色微紅，眼若含著秋波，把謝辭看得心神蕩漾，差點又要控制不住自己。

坐著蕩漾了一會兒，他突然想起一件事，「妳還記不記得高中的時候有一次上晚自習，也是下雨斷電。」

「然後老師走了，教室裡特別亂。我們都離開座位瘋玩，就妳一個人拿著手電筒，在位置上默默讀書。然後我湊上去瞄了一眼，居然還在算物理題目，當時就很佩服妳了，還在想這個新同學真的是學霸中的戰鬥機啊。」

許呦被他奇怪的形容詞逗樂，啞然失笑後又默默地說：「我當然記得。」而且記得非常清楚。

謝辭驚訝了，「妳記得？」

「你和宋一帆拿著雨傘在我旁邊鬧來鬧去，還踩了我一腳，撞翻我桌子，把我手電筒撞到地上摔壞了。」

謝辭聽得笑吟吟，「喔，還有呢？」

她的神色開始變得不自在，「好像沒了，其他我已經不記得了。」

謝辭篤定道：「妳肯定記得。」

許呦：「……」

謝辭慢悠悠地說：「妳撿完手電筒站起來。」

「你好煩啊。」她打斷他。

謝辭忍著笑，「都過去多久了，不就是起來的時候在我面前摔了一跤，跪在我的腿旁邊了嗎？」

「……」

「我還在想怎麼了，新同學給我行那麼大一禮。」

「……」

「我扶妳站起來，還被妳踹了一腳，現在想起來都疼。」

「……」

「妳是不是害羞了？」他試探性地問。

許呦別過頭，臉分明紅著。

「好了，我不說了。」謝辭側著頭笑了一下。他俐落的喉結滾動兩下，碰到她光裸白皙的大腿，停了兩三秒就移開。

過了一會兒，謝辭又回到原來的話題，「其實也沒什麼關係，妳別記仇啊，我都懷疑妳後來那麼討厭我，是不是就是那天晚上我不小心——」

話被堵在口裡，謝辭的眼睛睜大，心裡只剩下兩個字——

我靠！

許呦跪在他身側，立起身，雙臂圈住他的脖子，唇對唇貼上他的。

她微微張開嘴，身上似有若無的肥皂清香縈繞在鼻尖。謝辭大腦當機片刻，很快反客為主地親回去，把她壓在沙發上。

乾柴烈火，一擦就燃，他的克制力真的沒那麼好。

寂靜的房間裡，只有交錯混亂的呼吸聲，柔軟的舌交纏，牙齒輕磕到一起，有些疼。

謝辭忍得額頭冒汗，腰、背和脖子也布滿了薄汗。謝辭啞著聲音，低而又低地說：「許呦，我……」

理智告訴謝辭他需要停下來，不能再繼續下去。但是理智管過一次，第二次明顯沒什麼作用。

許呦的身子癱軟，渾渾噩噩地撐起來，心跳得很快，「謝辭，你別洗冷水澡了。」

他無法克制地喘息，胸膛起伏。

「妳確定？」

「嗯……」她已經快說不出話來。

身後，房間裡最後一點光亮被吹滅。

黑暗裡，她慢慢地下床，光著腳，摸索著過來牽住他的手。

謝辭重重呼吸了兩三秒，反身把許呦推到角落，雙手圈住她整個人，低頭去尋柔軟的唇。

§ § §

第二天，許呦睡了個昏天暗地才起來。

剛推開房門出去，尤樂樂正端著一杯果汁，目不斜視地盤腿坐在沙發上看電視。

她眼睛盯著許呦，來回掃了掃，幽幽地說：「許呦，妳昨天晚上跟哪個男人鬼混了？」

許呦撥拉頭髮的動作一頓，她沒說話，隨便拉開一張椅子坐了下來。

放在桌上的手機嗡嗡震動兩下，許呦拿起來看，正準備接。

尤樂樂把果汁放到玻璃杯一邊，三兩步跑過來，「妳看看妳！」

脖子還有鎖骨，甚至手臂、小腿都有曖昧淤紅的痕跡，尤樂樂想都不用想就知道……

她大大咧咧地扯開許呦睡衣的領口，往裡面瞄了一眼。

嘖嘖嘖嘖，戰況激烈啊！

許呦護住胸口，不和她鬧，抽空接了電話，「喂？」

『妳怎麼這麼久才接電話？』謝辭問。

許呦一邊推開尤樂樂的魔爪，一邊說：「我剛剛在睡覺。」

『妳……這幾天，別亂跑。』他的聲音不太自然，『還……疼不疼？』

聽他這麼說，許呦的臉也紅了，有點尷尬，支支吾吾地道：「沒事。」

曖昧甜蜜的氣氛蔓延，誰也捨不得先掛電話。又講了幾句，臨掛電話前，謝辭問：『對了，後天七夕妳有時間吧。』

『我去找妳？』

許呦嗯了一聲。

電話一掛斷，尤樂樂就迫不及待地撲過來，嘴裡念叨著：「妳這一身，妳的初戀真不是蓋的啊……」

「……」

尤樂樂一臉促狹，「昨天晚上，你們幾次啊？」

許呦哪會回答她這種問題，又逃也似的回了房間。

§ § §

七夕，謝辭和她約了一個地方。

許呦沒有出門化妝的習慣，隨便收拾了一下就出門。

他坐在公園的一個欄杆上等她，看到許呦走近，謝辭若無其事地跳下來。

公園裡很熱鬧，路上全是成雙成對的情侶，霓虹閃耀的燈火，許呦腳步停滯。

恍惚間，看到眼前的人，還以為回到多年前。

謝辭穿著學生時代的黑色骷髏短袖，輪廓更加清俊。他雙手插在牛仔褲的口袋裡，懶懶地笑著看她。

然後，許呦才知道謝辭要她出門前記得帶身分證，還有穿白裙子的原因。

從申城到臨市的飛機是晚上六點，一路上，她的心都在怦怦跳，感覺就像在一場夢裡。

「你怎麼突然想到買回臨市的機票？」

「什麼突然，早就想好了。」謝辭坐在飛機上，一直很高興，「開不開心？」

重新回臨市，這個城市，這麼多年了還是一如既往，到了夜晚就格外熱鬧。

熱鬧擁擠的人群，謝辭攬著許呦的肩，和她逛遍大街小巷。

兩人在街上走了很久，然後上了一輛公車。

快到九點，車上只零零散散地坐著幾個人。車子緩緩啟動，他們找了靠窗的位置坐下，在一中門口下車。

高一高二沒晚自習，高三晚自習還沒下課。校園的正門和側門都關著，只有警衛室和高三教學大樓亮著燈。

「我們……要進學校嗎？」她猶豫地問。

「不然來這裡幹什麼？」

「可是警衛不讓我們進去怎麼辦？」

「不從正門進，我帶妳翻牆怎麼樣？」

許呦震驚了，「翻牆？」她轉頭不敢置信地看了他一眼，「你確定？」

謝辭一本正經地說：「不然呢，妳以為我當年一中校霸白當的啊？」

許呦：「……」

最後還是沒翻牆，兩個人去警衛室說是來探望老師，登記後就被放了進去。

學校這麼多年來翻修過幾次，大致上的模樣還是沒變。

他們從操場上的塑膠跑道，一路逛到籃球場、升旗臺、校園超市。

以前的高二教學大樓已經改成高一教學大樓，他帶著她摸黑走上西邊的大樓，憑著記憶找到原來高二九班的教室。

教室門關上了，謝辭手撐在窗臺上，額頭抵著玻璃往裡面看。

很幸運，剛好有一扇玻璃拉門沒鎖上。謝辭翻窗進去的動作自然流暢，絲毫不減當年的風采。

他翻進去後，把門打開，讓許呦進來。

夜晚的月光很亮，沒有開燈，剛剛好夠他們看清彼此。

許呦有些無所適從，她走上講臺，內心像潮水慢慢翻湧，無聲地感動著。

謝辭坐在課桌上看著她，她四處張望的樣子很可愛。

「阿拆。」

「嗯。」

許呦慢慢走下講臺，挨著他坐下。過了一會兒，頭靠上他的肩膀。

謝辭把她的臉托起來，他的眼睛微瞇起，「妳開心嗎？」

她沒說話，輕輕閉上眼睛。

謝辭說：「我前天作夢，夢到我們還在上高中。」

許呦強忍住濕潤的眼眶，聽他漫不經心地說：「然後妳對我伸出手，我就跟妳走了。」

安靜漆黑的教室裡，他的聲音溫柔又模糊，好像又回到最初。

「我以前上課老是偷看妳。」

「故意擰緊妳的水杯，念課文的時候學妳說話。」

「體育課跑步，故意蹭到妳身邊。」

「經過妳旁邊，把妳的書和筆碰掉。」

「放學了，偷偷跟著妳回家。」

「後來跟妳分開，我還以為妳註定不屬於我。」

「……謝辭。」許呦叫他名字，她的聲音很輕，也很淡。

「我給你個家吧。」

他怔怔地，良久之後，笑了，「好，以後我養妳。」

我給你一個家，照顧好你。反正這麼多年了，我也無法再忘記你。往後無論朝夕，還是百年，再也不能像多年前，再也無法認真持久地喜歡一個人。

十七歲的謝辭，打架抽菸喝酒泡網咖，喜歡和高年級的男生混在一起。

在盛夏的某一天，許呦抱著書，在眾目睽睽下推開教室門進來。有男生坐在桌上吹口哨，教室裡喧囂吵鬧，謝辭單手撐著頭，腿交疊著放在椅子上，穿著牛仔褲和黑T恤。

她穿著白棉裙停在他面前。

那天，窗外的天很藍，樹林青蔥，陽光格外燦爛。

番外篇

【生病】

謝辭生病在家待了好幾天，死活不肯去醫院，是李小強在電話裡告訴許呦的。

她下班去藥局買了一些消炎藥和退燒藥。也沒怎麼仔細看，隨便拿了一大堆去結帳。

買完之後，許呦去他家。那個社區是新開賣的大樓，綠化風景很好。她心不在焉地提著塑膠袋在警衛室登記。

路旁的薔薇和月季即將凋零，墜入泥土。不遠處的露臺處有粉紅色的一角。

謝辭家的門鈴悠揚地幾聲叮咚。

沒什麼反應。

她手臂上掛著塑膠袋，等聲響過了後又去按。裡面一直沒反應，許呦耐心地等了半天。

過了一會兒還是沒動靜，她伸手去拍門，耳朵順勢貼上去，「有人嗎？」

裡面越發顯得安靜。

等了一會兒，門從裡面被拉開。

謝辭本來極度不耐煩的神情，在看到來人的瞬間盡數化為驚訝。

他惺忪的睡眼使勁睜了睜。一張瘦削清秀的臉，上半身赤裸，只穿著一條灰色的運動長褲。

謝辭半張著嘴，傻傻愣愣地看著許呦。

完全沒搞清楚狀況……

許呦的表情鎮定。她白淨的脖子上還纏繞著藍色帶子，剛下班就趕過來，工作用的記者證仍舊掛在胸前。

「……」

兩個人前天因為結婚的事情，剛剛吵完不大不小的架。幾天都沒怎麼見面，這時候對視了半秒，許呦先忍不住把目光撇開。

謝辭低頭看了看自己，扶著門把的手一鬆。他剛轉身往臥室走兩步，又急忙折返回來，先將許呦拉進來，然後伸手把門關好。

他的腦袋昏昏沉沉，還是強打起精神說：「妳先別走，我去穿個衣服。」

許呦沒進去，垂著眼簾站在門口，「我還有點事，不進去了。」

「等等。」

他像是沒聽到，連臥室的門都不關，隨手撿了一件T恤從頭上往下套就走出來。

§ § §

廚房，水壺裡的熱水瀑出來，紅燈轉綠。

許呦拔了插頭，等水勢穩定。她打開櫥櫃想找個玻璃杯裝水，卻發現裡面什麼都沒有。

路過客廳，發現那裡更是空蕩蕩，一點人氣都沒有。房裡東西很少，除了一些必要的傢俱，其他日常物品少到一眼就能看完。

許呦漸漸出神。

房子裡光線昏暗，唯獨房間床頭那亮了一點昏黃的光。

謝辭這次病勢洶洶，本來身體就差，這次也不是毫無預兆的高燒。他估計自己也燒糊塗了，分不清夢境和現實，不一會兒又躺在床上昏昏沉沉。

許呦喊了他幾聲，都沒回應。

她的視線忍不住掠過那個亂七八糟的房間，躊躇了兩下還是踏進去。

視線往謝辭的臉上滑過。他的頭偏向一邊，眉梢拖延。唇色已變得極淡，顴骨發紅，眼睫微闔，輕輕顫動。

「謝辭……你起來，去醫院。」她小聲叫他。

「謝辭。」

「謝辭……」

「謝辭？」

許呦彎腰，擰亮了床頭櫃的燈，手放在他額頭上。

手心傳來燙人的溫度。

她顧不得太多，單膝跪上床，把他扯起來。

謝辭有了一點反應，微微睜眼怔忪著，把手繞過許呦的後頸。他以為自己在作夢，輕輕呢喃，戀戀不捨地用手指摩挲她的後頸，「許呦，讓我再睡一會兒，等等就起床。」

她的動作緩了一下，才意識到他真的意識模糊了。

過了一會兒，謝辭的手無力地滑下來，手腕垂在床邊，烏黑的髮遮擋住他的臉龐。

她眨了眨眼，視線不經意看到他手指上那抹微亮。許呦移開眼睛，過了兩秒，又把目光重新放在那枚戒指上。

她有時想問謝辭這個戒指的緣由，為什麼一直戴在手指上，每每話到嘴邊，卻始終說不出口。許多年未見，大概兩人都有了不能提起的過往，她知道不必什麼事都要弄得清清楚楚。

他手指的骨節很直，手背的青筋微微突出。有些窄的銀色素戒下隱約有什麼東西。

不知道著了什麼魔，許呦伸出手想把戒指摘下來。

溫柔羞恥的黏膜無聲破碎。她沒有控制住自己，彷彿有人輕輕抽掉她腦海裡緊繃著的一絲弦。戒指戴了沒多久，尺寸也不對。輕輕一使力，就順著一路往下滑，墜到地上，發出叮鈴地一聲輕響。

借著微亮的光，許呦凝視著那裡。

躺在床上，他的呼吸稀薄寂靜。無名指上一圈上，都是黑色紋身。

重複的英文字母。

——XY。

§ § §

醒來的時候，周圍沒有半點響聲，床頭櫃的燈一直亮著。

謝辭不安地轉動腦袋，眼睛緩慢睜開，面前一片模糊。他頭痛欲裂，神情疲倦地掀開蓋在身上的被子，光腳踩過地板，推開房門。

客廳安安靜靜，空無一人。裝著一大袋藥的塑膠袋，隨意放在鞋櫃上面。

他發了一會兒呆。坐在沙發上，拿過打火機和菸盒。

§ § §

鑰匙插進鎖孔，轉動後發出輕輕的響聲。

許呦的眼睛低垂，把鑰匙放到一邊。她拎著在超市買的米和蔬菜，換上拖鞋進屋。

頭頂的吊燈被隨手按開。光線落在她乾淨的臉上，白皙清透。

許呦還穿著上班的那套衣服。白色襯衫和灰色的窄裙，露出好看的一截小腿，細細白白的像蓮藕。少了少女的青澀，卻多了一種不一樣的韻味。

謝辭看得太入神，眼睛跟隨她移動。

許呦彷彿沒看見在客廳抽菸的他，徑直走進廚房。

謝辭趕緊掐滅菸，站起身追過去。不過他不敢進去，就在門口吞吞吐吐地問：「妳怎麼又回來了？」

她低著頭忙碌，也不搭理他。

慢慢地，謝辭膽子大了一點，一點一點靠近許呦，時不時偷看她兩眼。也沒有站太近。

許呦十指纖纖，挑菜洗米，手背上的青色血管透過白白的皮膚清晰可見。彎腰拿出碗，舉臂按開抽油煙機。她的一舉一動，謝辭看得眨也不眨。

兩人長久的沉默，謝辭在原地一動不動。

許呦的頭偏了偏，看著他的眼睛問：「你站在這裡幹什麼？」

「啊？」

謝辭突然被她盯著，沒經過大腦，直接脫口而出：「我幫妳忙。」

「……」

「去外面把藥吃了吧。」

她撇開眼，熟練地打了雞蛋，開火，把洗好的青菜丟進鍋裡炒。

說完也沒有繼續看他。

§ § §

飯桌上無比地安靜。

謝辭安分地吃著剛熬出來的蔬菜粥，頭埋在碗裡，不知道為何莫名地緊張。

許呦就坐在對面，不發一語，不知道在想什麼。

「……妳、妳要不要吃？」

她只煮了一份粥，給他吃了。

「你吃吧。」

許呦坐在椅子上，半晌才說：「吃完我有話跟你說。」

「……」

這一般是要和好的信號，謝辭陡然鬆了口氣。

拖拖拉拉地吃完，直到碗都見底了，他才不捨地放下湯匙。

剛剛吃了退燒藥，現在也不知道有沒有效用，臉頰依舊兩酡紅暈。

「報告許老師，我吃完了。」

謝辭一笑，面容就生動起來。

許呦看了他好一會兒，也不出聲。

他沒開心多久，就聽到她淡聲說：「跟我去醫院。」

§ § §

謝辭的體溫一直降不下去，吃了消炎藥和退燒藥也無濟於事。他不願去醫院，蓋了兩層被子悶在裡面。身上都汗濕透了，額頭還是滾燙。

「燒到三十九度了。」

許呦站在他的床邊，甩了甩水銀溫度計，緊皺著眉，「起來，去醫院。」

謝辭一聽就劇烈反抗，拉起被子捂住臉。

「……」他裝死，去拉她的手，閉著眼睛呢喃，「不起來，我難受。」

「難受就去醫院。」

「……」

「你不起來，我走了。」

許呦拿開他的手，作勢要走。謝辭不願意，看撒嬌無用，掙扎著掀開被子，赤著腳下床追她。

「──妳別走。」

§ § §

深更半夜。

兩人好不容易到了醫院。謝辭緊緊跟著許呦，像個移動的巨嬰，一點也不想離開她。

許呦去繳費拿藥的那一點點間隙，謝辭還老大不高興地坐在長椅上。

眼睛隔幾秒鐘就往她消失的方向望。

幫他吊點滴的護士拿了一袋點滴，笑著調侃：「那是你女朋友吧？」

謝辭懶懶地耷拉著眼皮，不想跟她講話。

又等了一會兒，許呦還沒回來。謝辭滿是疲態，四處張望，總覺得一顆心沒有著落。

小護士把藥袋掛上鐵架，「等等第一瓶快滴完了，叫你女朋友叫我。」

「……嗯。」他心不在焉地應了一聲。

走之前，小護士說：「看你挺黏她的，你們倆感情真好。」

等到許呦拿了藥回來，她看點滴已經吊上去了，就在他的旁邊坐下。

東西被隨手放在一旁，兩人之間隔了一點距離。這讓謝辭有點不滿，可他又不好意思說出來。忍了半天。

夜裡的點滴室人很少，空氣中全是消毒水和酒精的味道。許呦折騰了一天也累了，背靠在椅子，屈起指節揉揉額頭。

過了一會兒，有點小動靜傳來。旁邊的人小幅度移動身體，朝她靠近。

許呦抬起眼，眼神倦怠地看向他，「還在吊點滴，你別亂動。」

「那妳離我那麼遠幹嘛？」他仗著自己生病，對她也理直氣壯了起來。那樣子，隱隱地有過去那不講道理的模樣。

無聲地在心底嘆息，許呦還是順著他的意，坐過去了一點。

謝辭輕輕地笑了起來。

他的手慢慢摸過去，然後習慣性地握住。

她沒掙扎，反握回去。

人有點清醒過來了，謝辭握著她柔弱無骨的手，手心都有點因緊張而冒出的汗。

「許呦，妳剛剛跟我說的話，是不是都是真的？」

安分了一會兒，他用手肘輕輕撞了撞她的手臂，動作語氣都十分自然。

「什麼話？」她問。

許呦低著頭，折著手上一張廣告單，側臉看起來認真專注。

謝辭的眼睛偷偷瞄著，覺得真好看。

然後他坐正身體，看看正前方，又偷偷瞄兩眼。過幾秒鐘，視線又移過去的時候，正好和她的撞上。

許呦：「你要說什麼？」

被人當場抓包了，謝辭不僅不羞愧，還理直氣壯地道：「妳一點都不給我面子，明明知道，還故意問我？」

「……」

男人是這個世界上最容易蹬鼻子上臉的生物——這句話放到謝辭身上果然沒錯。

許呦現在終於知道了。

她無語了半晌，才說：「我真的不記得我說過什麼了。」

謝辭急了，咬牙切齒，聲音也抬高了，「許呦，妳似乎把天都聊死了。」

「……」許呦又想笑，又不知道說什麼。

「你好好打針吧，別說話了，休息一會兒。」她勸他。

謝辭不知道為什麼就生起悶氣來了，「妳剛剛明明說──」

「說什麼？」她逗他。

他一臉「我豁出去了」的樣子，氣惱地道：「妳說妳以後都是屬於我的。」

「……我說過嗎？」

許呦回想了一會兒，她好像不是這麼說的啊。

「妳絕對說過。」

謝辭擲地有聲，看她似乎失憶的模樣，負氣地道：「算了，從來沒看過像妳這麼不講信用的人。」

「我們既然已經在一起了，為什麼我求婚，妳不答應？」話題又拐回之前吵架的問題上了。

其實也不算吵架，一般都是謝辭一個人生氣，而她沉默。

「……」

她垂著眼，手指翻飛，把手裡的紙張迅速折完。許呦舉著手裡的小玫瑰，遞到旁邊去，「等我和父母說了，你再求一次。」

雖然錯過了很久，可是一輩子那麼長，我們有的是時間。

所以你別著急。

謝辭的眼睛垂下去，盯著突然出現在眼前的東西。按捺了一會兒，他還是攤開掌心。

那朵小玫瑰掉落下來，輕輕砸上他的手。

許呦抿著唇，小梨窩若隱若現。她的手伸到腦後，拉下髮圈，細軟的直髮披在肩頭。她用手圈攏，重新把鬆開的頭髮綁緊。

謝辭微微合攏手，頓了一會兒，忽然探身往許呦臉上啄了一口。

吻不偏不倚地落在那點梨窩上，在唇角處。

他說：「阿拆，妳別讓我等太久了。」

等許呦緩過來，她才想起抬手抹了抹唇。

剛放下手，謝辭又湊上來，唇對唇準確地印上去。像是在不滿她的動作，他單手掐住她的下巴，這次停留更久了一點。

過了一會兒，謝辭突然主動退開身子。

許呦轉頭看他。

他嘶了一聲，緊皺著眉，眼睛要閉不閉地，抬起打針的那隻手臂，「許呦，妳看看針，它是不是出來了？」

謝辭暈針，一點也不顧形象了。

「……」

許呦連忙站起身，才發現輸液管尾端有血回流。

應該是剛剛謝辭的動作太激烈，一下子沒注意，扯到了針頭。

她跑去護士的值班臺叫人。

來人之後，謝辭一直撇開眼睛不敢看。

那護士幫他把手背上的膠帶撕掉，重新弄正。護士年紀有些大了，邊弄還邊教訓，「打個針都不安分，不知道在幹什麼。」

許呦站在一旁，有些不好意思，也不敢說話。

等老護士走之後，謝辭才小聲嘀咕：「靠，好他媽凶喔。」

許呦：「……」

【回憶】

有一年，五月天的一場演唱會上唱過一首歌，後來風靡各種社交平臺，微博、QQ、網易雲。

那首歌的名字叫溫柔。

那時候許呦已經大學畢業，謝辭也離開了幾年。

已經接近凌晨的午夜，她抱著腿蜷縮在沙發上，用電腦找出影片看五月天的演唱會。

現場有很多的忠實粉絲，舉著應援牌，幾乎喊得嗓子沙啞。

影片只有十幾分鐘，大概是最後一首歌。所有人都已經精疲力竭，許呦不瞭解五月天，也沒有聽過他們幾首歌。

那個主唱叫阿信，他說最後一首歌叫溫柔，話音剛落，全場的燈光突然暗了下來。

臺上的人問：『你們帶電話了嗎？拿出來，打給你們喜歡的人，我唱溫柔給他聽。』

大螢幕裡，粉絲陸陸續續都掏出手機，全場都被手機螢幕微弱的光照亮。有一個鏡頭特寫，是個小女孩，大概剛失戀，已經哭得不能自已，邊抽噎邊撥電話。

許呦窩在沙發上沒有動，著迷地聽阿信說：

『如果你想要一朵花，我就給你一朵花；如果你想要一場雪，我就給你一場雪；如果你想要一顆星星，那麼我就給你一顆星星。』

『如果你想要離開我，那麼我會對你說。』

那一瞬間，場中的燈光全部亮了起來，有白色的碎屑從空中慢慢飄揚落下，『我給你自由，我給你全部，全部的自由，這是我的溫柔。』

許呦瞬間濕了眼眶，匆匆關了影片不敢再看。

聽了一晚上的溫柔，也想了一晚上的他，也分不清是夢境還是現實。

謝辭在偷親她、看著她的笑，又壞又有點痞痞的溫柔。

【關於自來熟】

高中時期，謝辭每次過生日的時候最熱鬧。總有一大群人來送禮物，來教室裡鬧。

那時候許呦剛轉進來，和誰都不熟。中午到學校，她才剛踏進教室，就被一個跑著的男生撞上肩膀。她低著頭，退開一兩步，揉著被撞到的地方。

「哎喲，許呦啊！」

一抬頭就是宋一帆笑嘻嘻的一張臉，很凌亂，沾滿了蛋糕的奶油。他側了身，靈活地躲到許呦後面，探出頭對不遠處的謝辭洋洋得意，「你再來弄老子啊，有本事你過來啊！」

謝辭身上也是亂七八糟，好不到哪裡去，黑T恤也皺巴巴的。他手裡還舉著半塊小蛋糕，站在走廊上，聞言真的朝這邊走了過來。

——！

宋一帆脖子一縮，眼睛剛閉上，就聽到謝辭似笑非笑的調笑聲。

「——妳站在我面前幹嘛？」

「……」

許呦被問得不知如何回答。她身後有人，前面又被他擋了去路，怎麼走？

謝辭跟她說話的時候，下巴微仰，無所事事的模樣，手指順勢往她臉上一抹，「讓路？」

「……」

直到在位置上坐下，許呦才後知後覺地有些生氣。她抽出紙巾往臉上擦，在心裡鬱悶地想：剛剛那個叫謝辭的男生，怎麼這麼自來熟……

—全文完—

高寶書版集團
gobooks.com.tw

YH 023
她的小梨窩（下）

作　　者　唧唧的貓
責任編輯　陳凱筠
封面設計　李涵硯
內頁排版　賴姵均
企　　劃　方慧娟

發 行 人　朱凱蕾
出　　版　英屬維京群島商高寶國際有限公司台灣分公司
　　　　　Global Group Holdings, Ltd.
地　　址　台北市內湖區洲子街88號3樓
網　　址　gobooks.com.tw
電　　話　(02) 27992788
電　　郵　readers@gobooks.com.tw（讀者服務部）
　　　　　pr@gobooks.com.tw（公關諮詢部）
傳　　真　出版部(02) 27990909　行銷部 (02) 27993088
郵政劃撥　19394552
戶　　名　英屬維京群島商高寶國際有限公司台灣分公司
發　　行　英屬維京群島商高寶國際有限公司台灣分公司
初　　版　2020年 12 月

本著作物由北京晉江原創網絡科技有限公司授權出版。

國家圖書館出版品預行編目(CIP)資料

她的小梨窩/唧唧的貓著. -- 初版. -- 臺北市：高寶國際出版：高寶國際發行, 2020.12
　冊；　公分. --

ISBN 978-986-361-952-9(上冊：平裝). --
ISBN 978-986-361-953-6(下冊：平裝). --
ISBN 978-986-361-954-3(全套：平裝)

857.7　　109018383

GOBOOKS
& SITAK
GROUP©